Fünf Hörnli

bitte ...!

Verlag: BoD · Books on Demand GmbH,
In de Tarpen 42, 22848 Norderstedt
Druck: Libri Plureos GmbH,
Friedensallee 273, 22763 Hamburg
ISBN: 978-3-7597-7539-9

Das Buch ist meinem Vater Paul Will gewidmet. Er war ein Bäcker mit Leib und Seele.

Geschichten, nicht nur, aus dem Brotlichtviertel Rosenstraße. Es geht um Teigflüsterer, Knetern Infernale, Sauerteigprofessoren und Bäckern die ihren Job machten. Lustiges, Nachdenkliches und Skurriles rund ums Backen. Auch ein paar Rezepte zum Nachbacken sind in den verschiedenen Kapiteln enthalten. Wie zum Beispiel von Blätterteig, Mürbteig Plätzchen, Springerli, Vorlaufbrot, Laugenbrezen, Hörnli, Lebkuchenhaus, Muskazinen, Mürbteighasen, Osterbrot, Biskuit Osterlamm, Sweet Rolls, Sauerteig und einige mehr. Dazu, in einigen Kapiteln, Kitzingen bei Nacht und auch ein bisschen Radsport.

Zur Person: Hans Will war bis 2007 selbstständiger Bäckermeister und Konditor. Durch eine schwere Krankheit musste er den Beruf wechseln und wurde innerhalb kurzer Zeit ein erfolgreicher Fotograf mit etlichen Auszeichnungen und gelungenen Ausstellungen „Fünf Hörnli bitte" ist sein dreizehntes Buch das er bei Books on Demand veröffentlicht.

Vom Autor erschienen oder in Planung:

Späte Zeit des Glücks – Kitzingen-Krimi 1

Ein Leben lang – Roman

Saisonarbeit – Kitzingen-Krimi 2

Totholz – Kitzingen-Krimi 3

Deadly Running – Kitzingen-Krimi 4

Im Wendekreis des Virus – Kitzingen-Krimi 5

Das Virus schlägt zurück – Kitzingen-Krimi 6

Cranach Komplott – Kitzingen-Krimi 7

Bis wieder bessere Zeiten kommen – Kitzingen Krimi 8

Never give up – Ratgeber gesundes Leben (Restexemplare noch erhältlich)

Never give up 2 – Ratgeber gesundes Leben 2. Teil in Arbeit

Back- und Lachgeschichten - Humor (Vergriffen)

Ende der Weinlese – Fantasy

Fünf Hörnli bitte (Bäckergeschichten)

Alle im Buch verwendeten Bilder wurden von Hans Will fotografiert oder stammen aus dem Archiv Bäckerei Will.

Auch das Fernsehen war öfters zu Gast bei uns in der Backstube. Auf dem Bild das Team vom Bayerischen Rundfunk.

Inhaltsverzeichnis:

Prolog

„Fünf Hörnli bitte!" „Bitteschön! Mecht eine Mark!" sagte Tante Härtner und gab die Tüte der jungen Mutter, die mit ihrem quengelnden Jungen, in Lederhose und Kniestrümpfe, vor der historischen Ladentheke stand. „Zwä Hörnli gibt's jetzt für mich und dem Buben, die anderen Drei sind für Gustav, wenn er heut Abend von der Ärbert hemm kommt. Ich mach ihm einen Kakao dazu, er tunkt doch so gern ein!"

„Machen sie das, ich tunk auch gern ein und noch einen schönen Doach!"

Es war die Zeit mit Petticoat, Nierentische, Erdbeer-Bowle mit Kellergeister, Käseigel und Dosenananas. Es dauerte nicht lange und die Ladentüre ging wieder auf.

„Guten Morgen!"

Frau Hofrat Schuster, die gegenüber wohnte betrat den Laden.

„Guten Morgen Frau Hofrat!" sagte Tante gespielt ehrfürchtig. Sie war vollkommen reflektiert und wusste wie man mit schwierigen Kundinnen umgeht.

„Ludwig kommt doch heute da brauche ich was zum Kaffee, ist schon was fertig? Ich habe dem Hentschel schon Bescheid gesagt das er mit seiner neuen sündhaft teuren Super-8 Kamera vorbeikommt."

Tante lächelte sanftmütig.

„Natürlich. Was möchten sie denn gerne? Schnecken, Kissinger, Hörnli und Streuselkuchen!"

„Mehr noch nicht?"

War halt damals so in den Fünfziger Jahre, da war die Auswahl an Backwaren in Bäckereien noch Überschaubar.

„Dann nehme ich einen halben Streuselkuchen und vier Schnecken, der Ludwig ist nicht so ein Süßer, aber Wurscht und Käse gibt es bei mir nicht zum Nachmittags-Kaffee".

Mit Ludwig war der deutsche Wirtschaftsminister und spätere Bundeskanzler Erhard gemeint, der Vater des deutschen Wirtschaftswunders. Er war irgendwie mit dem Hofrat Schuster verwandt, zumindest aber sehr gut bekannt, so genau weiß ich das nicht mehr.

„Vielen Dank, beehren sie uns bald wieder…!"

Als die Frau, für die sonst immer die Haushälterin einkaufte, die alte, knarzende Ladentüre hinter sich verschlossen hatte kann es sich die Tante nicht mehr verkneifen: „Die alte Heppel, mächt immer so ein Getue!"

Es war im Winter 1957. Meine Mutter war gerade mit dem Stadtpolizisten Strauß durchgebrannt. Ich saß im Bäckerladen auf einen kleinen Stuhl zwischen Ölofen und den Gläsern mit den Wildhagen Bonbons und schaute neugierig zu wie Brot und Brötchen über die, damals sehr schmale, Ladentheke gingen.

US-Präsident Dwight D. Eisenhower kündigt den ersten Satelliten im All an. Der Argentinier Juan Manuel Fangio gewinnt zum vierten Mal in Folge die Weltmeisterschaft der Formel 1, Rik Van Steenbergen wird zum dritten Mal Weltmeister der Straßenprofis. In Kitzingen wird auf der Mondseeinsel das Freibad eröffnet. Der Schwabacher Fritz Lösel gewinnt das letzte Kitzinger Radrennen in der Wörthstraße vor "Walbo" Borst aus Würzburg und dem Kitzinger Lokalmatadoren Fritz Engelbrecht vor tausenden von Zuschauern. Die Menschen hatten so kurz vor dem Wirtschaftswunder noch nicht diesen Eskapismus wie in der heutigen Zeit, diese Flucht vor der Realität in Illusionen oder Vergnügungen.

Vergnügt haben sich die Amis. Mitte der 50iger Jahre gab es in Kitzingen eine Vielzahl von Bars und Kneipen für die vielen US-Boys, die in den Kitzinger Kasernen stationiert waren. Mit der Milchbar und der Havannabar in der Falterstraße der Bengasi Bar, der Frankenklause und der Florida Bar in der Rosenstraße waren gleich fünf Bars in unmittelbarer Nachbarschaft zu unserer Bäckerei. Zu der Zeit gab es viele Schlägereien meistens zwischen Schwarzen und Weißen Amis. Oft schaute ich nachts, als kleiner Junge, vom Fenster hinunter als in der Falterstraße die MP mit Schlagstöcken anrückte. Es waren keine schönen Bilder, die sich da vor meinen jungen Augen abspielten.

In der Bäckerei gab es damals noch so Spezialitäten wie Mohnzöpfli, Kümmeltürken, Mürbe Hörnli und handgeschlagen Kipfli. Das Herz aller Hobbybäcker würde bei den Spezialtäten von früher höherschlagen. Es gab nur Mischbrot und Schwarzbrot das meistens bis um 16.30 Uhr ausverkauft war. Bei den Kindern standen Bärendreck* und die Boxer* hoch im Kurs.

Samstags wurde Weißbrot, Stangenweißbrot, Kastenweißbrot und Berches*, den der Sami Haberfeld, der damalige Besitzer der Hilly-Billy-Bar nach der verlängerten Sperrstunde, oft kaufte, gebacken. Um 13 Uhr wurde der Laden geschlossen und Sonntags blieb der Ofen kalt.

Tante kümmerte sich nicht nur um mich, sie half in der schweren Zeit auch im Laden aus, wo meine Oma Elisa sonst auf verlorenen Posten gestanden hätte. Es gibt viele Anekdoten über die Tante die immer mit ihrem ganzen Herzen hinter uns und der Bäckerei stand. Sie soll sogar einmal einer Verkäuferin den Hals gewaschen haben.

Der alte Backofen von Werner&Pfleiderer, in der damals sehr kleinen Backstube, wurde noch mit Kohlen beheizt und vor dem Ofen befand sich eine sogenannte Fußgrube. Die Öfen früher waren alle sehr niedrig und der untere Herd konnte somit sehr schlecht bedient werden. Aus diesem Grund errichtete man vor dem Ofen eine Vertiefung in der man hinabsteigen konnte, um diesen besser zu bedienen.

Bilder oben zeigen links meinen Vater beim Einschießen von Brot in den gemauerten Backofen mit Fußgrube. Daneben zwei Bäckergesellen um 1933 am Hofeingang.

*Bärendreck = Lakritzschnecken
*Boxer = Brötchen mit, damals durfte man noch Mohrenkopf sagen, in dem ein Schaumkuss eingedrückt   war.
*Berches = ein traditionelles jüdisches Weißbrot 500 g Mehl, 230 g Wasser, 30 g Hefe, 1 TL Malzmehl, 10 g Zucker, 15 g Salz.

Vorwort

Es sind jetzt einige Jahre vergangen seit der Insolvenz der Bäckerei in der Falterstraße. Über die Gründe will ich gar nicht viel schreiben. Falsche Bank, falscher Steuerberater, falsche Entscheidungen, falsche Betriebsberater, verlogene Nachbarn, zu hohe Abfindung.
Es ist so wie es ist.
Die Presse recherchierte schlecht.
Traurig.
Dann gabs noch die Schlaumeier die behaupteten das der Chef der Bäckerei mit der ganzen Kohle nach Florida abgehauen ist.
Noch Trauriger.

Besonders traurig Enttäuscht waren wir schon früher von einem Nachbarn der Mitte der Neunziger sein Veto gegen einen Neubau der Konditorei in der Rosenstraße 3 eingelegt hatte. Sein Veto alleine hätte ihm nichts genutzt. Er ging aber zu den restlichen fünf Anliegern und hetzte diese gegen den Neubau auf. Alle unsere Platzprobleme wären gelöst gewesen. Wir hatten schon ein Geräuschgutachten machen lassen, das uns damals über 5000.- DM gekostet hatte. Zwei Nachbarn hatten unseren Bauvorhaben auch schon zugestimmt, aber der Nachbar brachte

es, mit seinen Märchen, fertig das diese ihre Unter-
schriften wieder zurückzogen. Ich weiß nicht was er
für Storys erfunden hatte um die anderen Nachbarn
so zu beeinflussen. Es war eine eigenwillige Logik von
Ihm. Jedenfalls waren die Platzprobleme mit ein
Grund wieso Marcus Will den Betrieb mit Backstube
2017 in den Innopark umsiedelte und schlussendlich
damit im weitesten Sinn die Innsolvenz einleitete. Ich
will hier keine Spekulationen an stellen mit „Wenn
und Aber". Ich nenne auch keine Namen. Es ist so wie
es ist. Punkt. Leben ist wie Dosentomaten, passiert
einfach. Es gab viel Getratsche und Geratsche das ist
halt so in einer kleinen Stadt wie Kitzingen. Am Anfang viel es mir schwer durch die Stadt zu laufen.
Aber mit der Zeit ging es mir am A.... vorbei und mittlerweile interessiert es sowieso niemanden mehr
wirklich. Aber in den 36 Jahren (1971 – 2007) in denen ich in der Bäckerei arbeiten durfte erlebte ich
auch viele schöne und manchmal auch skurrile Momente. Oft mühsam, wenn ich an das frühe Aufstehen denke, aber sehr oft auch lustig. Es war eine
schöne und anstrengende Zeit, die Spaß gemacht
hat. Trotzdem ein realistisches Lebensmodel ist der
Bäckerberuf in seiner damaligen Form nicht wirklich.
In der Rückschau erinnert man sich aber meistens an
die schönen, wichtigen und lustigen Momente über
die ich hier geschrieben habe. In meiner Bäcker-DNA

fließt immer noch Mehl in den Adern. 😊 Ich backe mir mein Brot auch in der jetzigen Zeit noch selber und experimentiere wie früher auch schon mit verschiedenen Zutaten. Mein Favorit zurzeit ein Protein-Brot mit über 40% Protein und ein No-Knead-Bread. Ein Brot ohne den Teig zu kneten. Hier das Rezept: 500g Weizen- oder Dinkelmehl, es geht auch Vollkornmehl, 370g Wasser bei Vollkornmehl 400g Wasser, 10g Salz, 10g Backhefe und ein Schluck Olivenöl alles in eine Schüssel und mit einem Kochlöffel verrühren. In eine mit Öl ausgestrichene Plastikwanne geben, Deckel drauf und in den Kühlschrank für mindestens 12 Stunden, besser 16 Stunden. Nach der Kühlphase, des No-Knead-Breads, den Teig auf eine bemehlte Unterlage stürzen und von allen Seiten zusammenlegen, drehen und auf ein Backblech geben und im vorgeheizten Ofen 50 – 60 Minuten bei 250 Grad abfallend knusprig ausbacken. Auch an ein reines Buchweizenbrot habe ich mich herangetraut, was mir aber nicht sonderlich geschmeckt hatte. Trotzdem ist selbst gemachtes Brot immer dem aus dem Supermarkt vorzuziehen, weil es keine künstlichen Enzyme oder Zusatzstoffe enthält. Je länger die Zutatenliste umso bedenklicher der Verzehr der Brote. Hingegen je länger man den Teig gehen lässt, desto besser verträglich ist das Weizenvollkornmehl im Brot.

Geschichte der Bäckerei Will

Als der Bäckermeister Johann Georg Will in sein, von einem Berufskollegen namens Simon Geitz, gekauftes Haus einzog, hieß die Falterstraße noch Faltergasse. Sie war noch nicht diese ladengeschäftsumstandene, täglich von vielen Kauflustigen besuchte Durchgangsstraße, die sie in den neunziger Jahren des letzten Jahrhunderts war. Das kurze Straßenstück lag am Stadtrand und jenseits des Faltertors, das damals noch stand. Johann Georg Will konnte in der Flur Spazierengehen, die seit dem Sprung über den Stadtgraben von den flächig angelegten Wohnvierteln überbaut worden ist. Der Hauserwerb fand 1851 statt. Die Nachkommen des Bäckermeisters Johann Georg Will betrieben in dem Anwesen bis Mitte 2017 ihr Handwerk. Die Bäckerei Will konnte da auf ein 176-jähriges Bestehen zurückblicken.

Bäckermeister Hans und Konditormeister Georg Will, die früheren Betriebsinhaber, halten in ihren Schreibtischen ein dünnes Buch verschlossen, das in Ablichtungen alle Urkunden enthält, die notwendig waren, damit ihr Ururgroßvater in Kitzingen als Selbständiger seinem Beruf nachgehen konnte. Sachleitende Verfügungen verraten den Weg durch das bürokratische Labyrinth, an dessen Ende die Verleihung des Bürgerrechts und der Gewerbekonzession standen, ohne die Johann Georg Will seine Bäckerei nicht hätte betreiben können. Vor der Bürgerannahme musste der Armenpflegeschaftsrat angehört werden, hatten die Gemeindebevollmächtigten und der Stadtmagistrat ihr Jawort zu geben, oblag es dem Antragsteller, durch eine Fülle durch Papieren, wie Militär Entlass Schein, Leumundszeugnis, Zeugnisse der Werk- und Sonntagsschule, Grundstückskaufvertrag, Meisterbrief, Vermögenszeugnis, Befürwortung der Bürgerannahme durch den Voreigentümer, Zahlungsbeweis für die Begleichung des Kaufpreises, Religionszeugnis und Schutzpockenimpfschein nachzuweisen, dass Kitzingen als neues Mitglied der städtischen Gemeinschaft kein schwarzes Schaf oder einen armen Schlucker bekam. Bürokratie gabs auch schon vor 175 Jahren.

Nachdem Johann Georg Will und seine Braut Elisabeth Barbara Horn Heiratsgut und Erspartes in einen Topf geworfen und das Haus bezahlt hatten, konnten sie vor den Traualtar treten. Dank der papierenen Perfektion kann heute noch belegt werden, dass es 2900 Gulden kostete. Die junge Meisterfamilie zog übrigens in ein mit Erinnerungen befrachtetes Anwesen, denn in ihm hatte der Reformator Paul Eber das Licht der Welt erblickt. Der frühere Stadtarchivar Dr. Ernst Kemmeter ist der Geschichte des Bauwerks nachgegangen und hat als Ergebnis seines Aktenstudiums feststellen können, dass Bäcker, Lebküchner und Konditoren darin mindestens seit 1628 ihrem Handwerk nachgegangen sind. Wahrscheinlich taten sie es schon zwei Jahrhunderte früher, was aber nicht belegbar ist.

In der zweiten Generation übernahm Karl Will das Geschäft, der mit seiner Frau Dorothea, einer geborenen Dietz, deren Eltern die einzige Kitzinger Zinngießerei besaßen, vier Kinder zeugte. Er hatte, so schien es, keine Schwierigkeiten, die Bäckerei in Fa-

milienbesitz zu halten, zumal zwei seiner Buben das Bäckerhandwerk erlernten. Doch die lückenlos scheinende Generationskette zerbrach fast durch harte Schicksalsschläge. Zwei Söhne Karl Wills fielen als Soldaten im Ersten Weltkrieg, der dritte kam erst 1920 aus französischer Kriegsgefangenschaft heim und verunglückte vier Wochen später tödlich. Übrig blieb Hans Will (*Bild oben mit seiner zweiten Frau Elisa*), auf dem nun allein die Zukunft des Geschäftes ruhte. Durch Krankheiten der Eltern bedingt, musste er jung ins Geschirr steigen. Mit 18 Jahren übernahm er die Bäckerei, nachdem er zuvor bei Ernst Kies, dem Begründer des bekannten gleichnamigen Cafés in Würzburg, das Bäckerhandwerk erlernt und die Gesellenprüfung abgelegt hatte. Der Beginn des Ersten Weltkriegs unterbrach die Berufsausbildung und Betriebsführung. Als Offiziersstellvertreter, zu dem er wegen Tapferkeit vor dem Feind befördert worden war, ausgezeichnet mit dem Eisernen Kreuz 1.Klasse, kam er nach Kriegsende heim, legte seine Meisterprüfung ab und heiratete Babette Klein.

Der ganze Stolz von Hans Will war immer eine gut gefüllte Mehlkammer. Das war 1950 nicht immer der Fall.

Hans Wills fachliches Können ließ das Geschäft aufblühen. Er kaufte das Nachbarhaus in der Rosenstraße, ließ 1937 das Anwesen an der Falterstraße abreisen und wiederaufbauen, wobei die beiden Gebäude miteinander verbunden wurden.

Beim Bombenangriff ist der Neubau zerstört, aber noch im gleichen Jahr wieder aufgebaut worden.

Hans Will war bis zu seinem Tode ein populärer und angesehener Bürger seiner Vaterstadt. Er engagierte sich berufsständisch, war Obermeister der Bäckerinnung Kitzingen. Im Vereinsleben fühlte er sich besonders mit der Turngemeine Kitzingen verbunden, deren langjähriger Zeugwart er war. Nach dem Ende des Zweiten Weltkrieges stieg er in die Kommunalpolitik ein und zog für die Freie Bürgerrechtliche Wahlgemeinschaft in den Stadtrat, in dem er acht Jahre lang als zweiter Bürgermeister und Vorsitzender des Wohnungssenates wirkte.

Die zeitaufwendigste Tätigkeit als Wohnungssenatsvorsitzender, mit regelmäßigen Bürostunden, war die das er Wohnungssuchenden in den Zeiten großer Wohnungsnot half eine Wohnung nach Fürsprache bei den Hauseigentümern den Zeiten großer Wohnungsnot zu finden. Diese Arbeit war ohne die verständnisvolle Einsicht seiner zweiten Frau Elisa Will, die er als junger Witwer geheiratet hatte, nicht

möglich gewesen. Sie bewies in den Zeiten der Le-
bensmittelbewirtschaftung eine milde Hand, wo sie
manches Backwerk ohne Brotmarken zur Linderung
des größten Hungers überlies. *Bild unten: Hans Will bei*
den Amerikanern in seiner Zeit als Bürgermeister von Kitzingen.

Auch für Paul Will, der am Ende des Jahres 1948 aus
französischer Kriegsgefangenschaft heimgekehrt
war, anschließend in Nürnberg die Meisterprüfung
ablegte und 1950 in den elterlichen Betrieb eintrat,
hatte die kommunalpolitische Betätigung seines Vaters Folgen. Er musste von ihm vorzeitig 1952 die Bäckerei übernehmen, die er seither betrieb. Zusammen mit seiner zweiten Frau Maria modernisierte er

den Betrieb, erweiterte ihn um eine Konditorei und vergrößerte ihn personell. Zehn Mitarbeiter, die teilweise schon mehr als zehn Jahre in der Bäckerei tätig waren haben durch ihre Mitarbeit entscheidend zum Aufschwung beigetragen. Der wirtschaftliche Erfolg

Paul Will, im Bild oben bei einer von ihm organisierten Brotprüfung der Bäckerinnung Kitzingen Stadt und Land.

hängt mit den beruflichen Fähigkeiten Paul Wills zusammen, die ihn auch als Obermeister der Bäckerinnung Kitzingen zugutekam. Auch führte Paul Will die mittlerweile sehr beliebten Original Kitzinger Lebkuchen in das ohnehin schon sehr reichhaltige Sortiment ein. Im Jahre 1986 übergab Paul Will die

Bäckerei –Konditorei an seine Söhne Hans und Georg, zusammen mit ihren Frauen Christel und Irmgard sowie mittlerweile 50 Mitarbeiter/innen bauten diese den Betrieb weiter aus und eröffneten Filialen in Kitzingen, Dettelbach und Iphofen.

Zum 31.12.2006 schied Mitinhaber Georg Will auf eigenen Wunsch aus der Firma aus. Bäckermeister und Betriebswirt Marcus Will löste seinen Onkel mit einer zu hohen sechsstelligen Summe aus und führte nun mit seinem Vater Hans Will die Bäckerei Will weiter. Seine ersten Aktivitäten waren die Neugestaltung der Kaffeebar in der Falterstraße und die Eröffnung der neuen Verkaufsstelle in Hüttenheim und einer Filiale in Wiesentheid die sehr gut angenommen wurden. Aufgrund einer schweren Krankheit schied Hans Will Jahr 2007 aus der Firma aus. 2019 musste dann die Insolvenz angemeldet werden. Ein Investor kaufte das Haus und baut es seit Mitte 2024 zu einem Wohnhaus um.

Kapitel 1 Nachtbackverbot

Von 1969 - 1996 jagte das sogenannte Nachtbackverbot vielen selbstständigen Bäckermeistern so manchen Schrecken ein. Es war vorgeschrieben, dass in Räumen, welche der Herstellung von Brot, Brötchen und Kleingebäck dienten, in der Zeit von 22 Uhr bis 4 Uhr jegliche Tätigkeit verboten war und dass die Backwaren erst ab 5:45 Uhr ausgeliefert werden durften. Natürlich war unsere Bäckerei davon auch betroffen. Viele Bäckereien die eine gewisse Größe erreicht hatten missachteten bzw. sie konnten die gesetzlichen Vorgaben nicht erfüllen. Bei uns in der Backstube wurde ein genauer Plan festgelegt was zu tun ist, wenn der Technische Oberinspektor mit Besoldungsstufe A13 Herbert Fadenhauer von der Gewerbeaufsicht Würzburg wieder einmal unangekündigt zu einer Visite anrückte. Generell öffnete bis 4 Uhr morgens immer der Chef persönlich die Ladentüre, wenn es klingelte. War es ein „normaler" Kunde aus dem naheliegenden Nachtclub in der Nachbarschaft, übergab er schweigend an einen Mitarbeiter der in unmittelbarer Nähe der Ladentüren, neben dem Eingangsflur auf einem Tisch Plunder und Blätterteigteile mit Aprikosenmarmelade aprikotierte und anschließend mit Fondant glasierte. War es aber Fadenhauer dann stieß er einen kleinen Pfiff aus, der sich wie der Pausenpfiff beim Fußball anhörte. Erst nach überschwänglicher Begrüßung, bei der er mindestens zweimal Guten Morgen Herr Fadenhauer laut sagte, ließ er den Kontrolleur eintreten. Das war dann das Zeichen für die komplette Belegschaft in das nahe Treppenhaus zu flüchten. Sie hörten dann so Sätze wie: „Da waren sie aber schon sehr fleißig!" oder „wie sie das machen alles gleichzeitig, glasieren, backen, herrichten, Teig machen. Sie sind ein fleißiger Mann". Mein Vater machte meistens nicht lange rum, er ging in den Laden und machte eine sehr große Tragetasche voll mit Brot, Brötchen und Gebäck „…bitte von den leckeren Buttereieringen auch noch ein paar rein"! Murmelte der Kontrolleur meistens. Es dauerte in der Regel fünf Minuten und Fadenhauer saß mampfend im Auto und fuhr mit seinem staunenden Kollegen davon. Geben und nehmen. Die Belegschaft ging wieder an ihre Arbeit und bearbeitete entweder den jetzt natürlich schon etwas besser gereiften Teig oder half am Ofen. Fadenhauer, eigentlich ein Beamter wie aus dem Bilderbuch, schienen die Eierringe so gut zu schmecken, dass er mindestens einmal im Monat aufkreuzte. Nach seiner Pensionierung, von der er nicht viel hatte, fuhr er mit dem Rennrad durch die Gegend. Ich bin auch ein paar Touren mit ihm gefahren. Dann verstarb er aber an einer heimtückischen Krebsart.

Die zuletzt geltenden Regelungen zum Nachtback-verbot basieren auf dem vom Deutschen Bundestag verabschiedeten Gesetz zur Änderung des Gesetzes über die Arbeitszeit in Bäckereien und Konditoreien vom 23. Juli 1969 (BGBl. I S. 937). In den §§ 5 und 7 dieses Gesetzes war festgelegt, dass in Räumen, welche der Herstellung von Brot, Brötchen und Kleinge-bäck dienen, in der Zeit von 22:00 Uhr bis 4:00 Uhr jegliche Tätigkeit verboten war und dass die Backwa-ren vor 5:45 Uhr nicht ausgeliefert werden durften. Auf Verfassungsbeschwerde eines Bäckermeisters entschied das Bundesverfassungsgericht im Jahr 1968, die Einschränkung der Berufsfreiheit durch das Nachtbackverbot sei verfassungsgemäß. 1976 bestä-tigte das Bundesverfassungsgericht erneut die Recht-mäßigkeit der Regelung. Mit der Änderung des La-denschlussgesetzes zum November 1996 wurde auch die Arbeit in Bäckereien und Konditoreien neu geregelt. Hier gelten seitdem, wie für alle anderen Betriebe in Deutschland auch, die Bestimmungen des Arbeitszeitgesetzes, in dem auch die Nachtarbeit geregelt ist. Das Nachtbackverbot wurde damit auf-gehoben. Quelle: Wikipedia

Kapitel 2 Artur und der Käseblootz

Vorneweg möchte ich ein paar Zeilen über Artur Rütter schreiben. Er war ein faszinierender Mensch. Der wenn er sich etwas in den Kopf gesetzt hatte auch voll durchgezogen hat. Er ist mit dem Fahrrad um die halbe Welt geradelt. In Frankreich kochte er nach eigenen Angaben für Jean-Jacques Servan-Schreiber. In Tokyo betrieb er lange Jahre ein französisches Restaurant. Zusammen haben wir viele Touren mit dem Rennrad gefahren. Ich bin froh das ich ihn kennenlernen durfte.

Jetzt aber zum Blootz, er ist eine fränkische Kuchenspezialität die in früheren Zeiten meistens auf großen runden Blechen gebacken wurde und in ländlichen Bäckereien auch heute noch gebacken werden. Als Basis dient ein guter Hefeteig mit unterschiedlichem Belag. Oft wird eine Masse aus angerührtem Quark aufgetragen oder es kommen Früchte wie Zwetschgen oder Äpfel zum Einsatz, in der Bremserzeit auch Zwiebeln. Es gibt aber auch Blötzer die nur mit Butterflocken oder mit Streuseln gebacken werden und dann gibt es noch den sogenannten Hitzplootz der aus Mischbrotteig mit Schmandauflage gebacken wird. Früher brachten Familien aus verschiedensten Anlässen ihre Blötzer zum ortsansässigen Bäcker. Der

Backlohn betrug nur wenige Pfennige. Aber in Zeiten in denen Donatsfilialen, Dönerbuden und anderen Junkfoodläden in Deutschland Einzug gehalten haben hat der traditionelle Blootz an Bedeutung deutlich verloren. Bei uns in der Bäckerei wurde er aber nach wie vor noch gebacken und auch früher in einer Zeit da in Kitzingen nachts noch einiges geboten war, als es in Kitzingen noch sowas wie ein Nachtleben gab, wurden vor allem samstags noch viele Blötzer aus dem Backofen gezogen und auch verkauft. Vor allem Käseblootz hatte es den Kunden angetan. Der Käseblootz wurde nach dem Backen, am frühen Morgen, aus Platzmangel öfters auch mal in den Verkaufsraum, also im Laden, auf den Boden gelegt um schneller zu erkalten. Ein ziemlich angetrunkener junger Mann, der beim Eintreten nicht aufpasste, ist dann einmal in so einem Käseblootz reingetreten. Das muss so um 1980 gewesen sein, weil auch gleich Artur Rütter ein Gastwirt aus der Nachbarschaft in Erscheinung trat. Jedenfalls war es so dass der Halbstarke den Kuchen nicht bezahlen wollte und den starken Mann spielen musste und schon seine Jacke ausgezogen hatte und rumpöbelte. Just in dem Moment betrat Artur mit einem seiner zwei großen Bullterrier die Bühne der Streitigkeiten. „Was ist hier los, habt ihr Ärger??" „Ey du Gartenzwerg mit deinem

Schoßhündchen mach dich vom Acker, ich habe hier was zu klären das dich einen Scheißdreck angeht!!" Der junge Mann schwankte verdächtig. Mit einem kaum hörbaren Geräusch gab dann der Gastwirt seinem Hund Gaston ein Zeichen und der sprang ein bisschen hoch genau auf den Käse-Blootztreter zu und nahm sein Gemächt zwischen seine Zähne. Der junge Mann erstarrte vor Schreck, „Was soll der Scheiß denn, ruf deinen Köter zurück!!" Jetzt hörte ich es auch dieses leise Zischen zwischen den Zähnen von Artur, das zum Anlass hatte das der Hund noch fester zubiss und seine Pascalzahl im Gebiss leicht erhöhte. Artur sagte jetzt ganz ruhig, „Es gibt jetzt zwei Möglichkeiten für dich, du kannst dich jetzt bei den Bäckern für dein beschissenes Verhalten entschuldigen und legst einen Hunni auf den Tresen für den zertretenen Käsekuchen oder und das meine ich wirklich ernst, du kannst ab morgen im Regensburger Knabenchor mitsingen und das auf Dauer!!" Die versammelte Mannschaft der Nachtschwärmer und Frühaufsteher schaute jetzt auf den Maulhelden, der dann ziemlich bleich wurde und schnell zu begreifen schien wie aussichtslos seine Situation war. „Ruf ihn zurück, es tut mir leid und hier sind die hundert Mäuse für den entstandenen Schaden." Warte wir packen dir den Kuchen noch ein. „Leckt mich am Arsch nimm den Köter weg, ich will nur noch fort!!" Jetzt sah ich Artur an diesem Abend das erste Mal ein wenig lächeln. Er verabschiedete sich, wie immer höflich, und ging in die dunkle Nacht hinaus. Er hat noch öfters Einbrecher, Unfallverursacher oder Zechpreller mit seinen Hunden gestellt. Er war sowas wie der Sheriff der Falterstraße, Schreibersgasse und Luitpoldstraße.

Kapitel 3 Schock-Terrassen

Wenn man Terrasse googelt kommen meistens solche Erklärungen, wie folgt, heraus: „Als Terrasse bezeichnet man seit dem 18. Jahrhundert eine ebene, offene Fläche, die dem Haus auf demselben oder einer darunterliegenden Ebene vorgebaut ist!" Backtechnisch sind Terrassen meistens dreistöckige Kreationen aus Mürbeteig mit oder ohne gemahlene Haselnüsse bzw. Mandeln im Teig. Sie sind im Adventsteller echte Hingucker. Die Himbeermarmelade, man kann auch Johannisbeermarmelade verwenden, zwischen den einzelnen Plätzchen-Terrassen macht sie auch geschmacklich zu einem Highlight des Plätzchen-Sortiments. Hübsch mit Puderzucker bestreut und in Cellophan Beutel verpackt sind die Terrassenplätzchen auch ein zauberhaftes Mitbringsel. Mitte der 70iger Jahre des letzten Jahrhunderts war das Plätzchenbacken in den Handwerksbäckereien noch nicht so verbreitet wie 20 Jahre später. Oft war es so dass an Sonntagen ab Mitte November die Sorten von Plätzchen gebacken wurden die sehr arbeitsintensiv waren wie z.B. Springerli oder eben die Terrassen. Aus 550iger Weizenmehl, Zucker, gemahlenen Mandeln bzw. Haselnüssen, Eiern, Backpulver, Backmargarine, Prise Salz, dazu Zimt, Nelke, Vanille und Zitronenschale wurde ein Mürbeteig herstellt, der dann einige Stunden gekühlt wurde. Danach begann dann das Ausrollen des Teiges und das Ausstechen der Plätzchen. Da Terrassen wie der Name schon sagt aus drei verschieden großen Plätzchen gebacken werden**, braucht man drei verschiedene Größen. Fünf, dreieinhalb und zwei Zentimeter waren die Maße dafür. An dem besagten Sonntag, ich war noch bei der Bundeswehr in Regensburg und nahm das dienstfreie Wochenende zum Anlass das Budget meines spärlichen Wehrsoldes aufzubessern, backte ich mit Bäckermeister Konrad G. diese Spezialität. Kunnert wie er von den Kollegen genannt wurde stand kurz vor dem Renteneintritt und war für diese Art von Arbeiten prädestiniert. Früher war er selbständig und führte eine kleine Bäckerei in Etwashausen. Den Plätzchenteig rollte ich mit der Rollfix* auf eine Stärke von 3 mm aus und legte ihn dann über die Ausstechmatten, mit einem Rollholz drückte ich dann den Teig durch die Matten sodass die fertig ausgestochenen Plätzchen auf das mit Backpapier ausgelegte Backblech fielen. Kunnert stach derweil mit einen kleinen 2cm Durchmesser geränderten Ausstecher die Oberteile aus, da es für diese Größe keine Ausstechmatten gab. Der Backofen war auf 200° C vorgeheizt und nach circa 12 Minuten duftete es dann in der Backstube herrlich nach Advent. Das Ausstechen und Abbacken hatte sich länger hingezogen als von mir geplant. Ich musste zurück nach Regensburg. Mit der Bahn war das damals noch ziemlich umständlich. Jedenfalls musste ich Kunnert alleine weiter werkeln lassen, der darüber nicht sonderlich begeistert war. Mit einem Dosiertrichter aus Edelstahl bekam jedes Plätzchen einen Tupfer heißer Himbeermarmelade ab, dann die nächste Größe drauf setzen wieder Himbeermarmelade drauf und die kleinen Plätzchen dann obendrauf. Das dauerte natürlich einige Stunden bis er es alleine geschafft hatte. Meine Eltern waren an diesen Sonntag zu Besuch bei Verwanden in Mittelfranken und kamen erst so um 19.30 Uhr wieder zu Hause an. Dort traf sie dann der Schlag. „Du musst wohl die Terrassen noch in die Cellophan Beutel einpacken...!" So oder so ähnlich sagte es mein Vater zu meiner Stiefmutter. Was war passiert? Kunnert der Schlaumeier hatte die Plätzchen nach dem Zusammensetzen nicht auf Bleche abgesetzt, sondern schön säuberlich auf den Backtischen aneinandergereiht. Wenn er sie auf Bleche abgesetzt hätte dann wäre es kein Problem gewesen sie in einen Regalwagen oder Blechrechen abzusetzen. Mary, wie wir zu unserer Stiefmutter sagten, bekam jetzt einen Föhn. Verständlich. „Die müssen weg, heute Nacht um 2 Uhr müssen die Backtische frei sein!" Jedenfalls schaffte es Mary mit Hilfe von drei Verkäuferinnen, die ebenfalls nicht begeistert waren von diesem abendlichen Einsatz, die Terrassen abzupacken und die Backtische wieder sauber zu hinterlassen. Meister Konrad hatte mit Staubzucker nicht gespart und es wurden sonntags nie mehr Terrassen gebacken.

*Rollfix

Bereits 1956 kam, laut Fritsch, Markt Einersheim, ihre erste Rollfix auf den Markt und hat sich seitdem zu einem echten Klassiker unter den Teigausrollmaschinen entwickelt. Dies geht sogar so weit, dass viele Bäcker schlicht von einer Rollfix sprechen, wenn es um eine Ausrollmaschine geht. Sie hält durch ihren robusten Aufbau auch härtester Beanspruchung stand. Ich habe immer sehr gerne mit ihr gearbeitet.

*Es werden auch Terrassen gebacken die nur aus zwei Schichten bestehen. Siehe Bild oben

Kapitel 4 Einstürzende Bauwerke

Es war so Anfang der 80iger Jahre des letzten Jahrhunderts. Oskar, Kommissionierer und Ausfahrer in einer Person war gerade fertig mit der Fensterdekoration, als das Unvorhergesehene passierte. Er hatte über 50 Baguettes im Schaufenster zu einem Bauwerk das einer Pyramide ähnelte „verbaut". Es war Pfingstsamstag und es wartete auf ihn noch sehr viel Arbeit. Aprikotieren und glasieren der Schnecken, Quarktaschen, Kissinger, Blätterteig-Apfeltaschen und einige andere Teile, Käseblootz schneiden, Eierringe, Brötchen und Hörnli Einzählen. Es war die ganze Zeit schon sehr laut auf der Einmündung Rosenstraße in die Falterstraße gewesen, heimkehrende, nicht mehr ganz nüchterne Gäste einer Bar in der Rosenstraße und betrunkene GIs gerieten dann irgendwann aneinander und es entstand eine richtig heftige Schlägerei. Gerade als er die Hörnchen für ein Altersheim in der Kanzler-Stürzel-Straße in einen Korb einschlichten wollte passiert das Unvorstellbare. Scheiben klirren, ein scheppern und schreien und ein betrunkener Amerikaner ist durch die Scheibe geflogen und unsanft im Laden unserer Bäckerei gelandet. Überall Glassplitter und zerdrückte Baguettes. Der junge Mann, der sehr stark im Gesicht blutete, schüttelte sich und realisierte dann anscheinend erst was geschehen war. Er schüttelte die Glassplitter von seinen Klamotten und machte Anstände sich aus dem Staub zu machen. Aber da hatte er die Rechnung ohne Oskar gemacht, der packte ihn und zog ihn mit einem gekonnten Polizeigriff auf die steinerne Kellertreppe und sperrte die Türe zu. Draußen hatten sich mittlerweile hunderte von Zuschauern eingefunden die zum Teil die heil gebliebenen Baguettes aus der kaputten Auslage klauten. Es dauerte ziemlich lang bis MP und Polizei eintrafen. Der amerikanische Soldat wurde von der MP festgenommen. Bis alles geregelt war und der Besitzer einer bekannten Kitzinger Schreinerei eine Spanplatte in der Größe des Schaufensters eingebaut hatte vergingen nochmals zwei Stunden. Bis zur normalen Ladenöffnungszeit war aber alles wieder sauber und aufgeräumt. Frische Baguettes waren gebacken aber der Schrecken blieb.

Das war nicht das einzige Mal das eine Schaufensterscheibe im Laden zu Bruch ging. Zwei, damals berüchtigte Siedler, die Namen schreibe ich jetzt nicht. Waren so besoffen das der eine mit der blanken Faust die Scheibe in der seitlichen Ladentüre eingeschlagen hatte. Als die verständigte Polizei ihn mitnahm hatte er seine Hand in seine Jacke eingebunden die schon ganz blutig war. Alles nur weil wir die Türe zum nächtlichen Verkauf nicht öffneten, weil noch nichts fertig war. Dann war da noch das Auto das an unser Haus krachte und die Ladenscheibe zum Bersten brachte. Verletzt wurde niemand, nicht einmal der betrunkene Autofahrer. Das mit den Autos die in diverse Ladenscheiben donnerten war in der Falterstraße nichts Ungewöhnliches, wenn auch nichts Alltägliches. Betroffen waren unter anderem Schreibwaren und Zeitschriften Meyering, als er sein Geschäft in die Falterstraße 2 verlegt hatte und auch Juwelier & Optiker Herbach war betroffen, der sogar zweimal. Im Oktober 2010 ist auch ein Auto in den Würzburger Hof, gegenüber dem Falterturm gefahren und hat dort erheblichen Schaden angerichtet.

Kapitel 5 Lebkuchen

Lebkuchen sind ein Teil der jährlichen Weihnachtstraditionen in vielen Ländern, so auch und vor allem in Franken. Aber wieso heißt er eigentlich Lebkuchen? Sprachwissenschaftler gehen davon aus, dass das Wort "Leb" entweder dem Wort "Laib" (Brot) entstammt oder mit dem Lateinischen Wort "Libum" (Fladen, Flachkuchen oder Opferkuchen) zu uns nach Franken gekommen ist. In einigen Regionen haben sie sogar eine jahrhundertealte Tradition. Höherwertige Lebkuchen, von denen hier die Rede ist, enthalten bis zu zwanzig verschiedenen Zutaten. Hauptbestandteile sind Zucker, Hasel- und Walnüsse oder Mandeln. Weitere Zutaten sind: Weizenmehl, Orangeat, Zitronat, Marzipan bzw. Persipan* und Eiweiß, darüber hinaus Gewürze wie Zimt, Nelke, Muskat, Mazisblüte, Ingwer. Lebkuchen sind nix zum Abnehmen, aber sie schmecken halt einfach zu gut und in der Adventszeit gehören sie irgendwie dazu. Mittlerweile werden industriell gebackene Lebkuchen schon Mitte August im Lebensmittelhandel angeboten.

Sie können in verschiedenen Formen und Größen hergestellt werden und nach Lust und Laune dekoriert werden.
Lebkuchen erlauben viel Kreativität und finden sich ab
und an in besonderer Form auch als Schmuck am Weih-
nachtsbaum. Sie sind sehr lange haltbar! Ein Traum aus
Nüssen und Gewürzen.

Ungefähr vor 75 Jahren hat mein Vater die ersten Lebkuchen in Kitzingen gebacken. Das Rezept hatte er aus einer
sehr bekannten Nürnberger Lebküchnerei mitgebracht,
bei der er ein Volontariat nach Krieg und Gefangenschaft
absolvierte. Das Gebäck wurde in echter Handarbeit hergestellt. In den ersten Jahren strich mein Vater die Lebkuchen mit einem Küchenmesser auf die Oblaten, die dabei
auf einem runden Holzblock gelegt wurden. Eine

mühsame Arbeit. Ein Lebkuchen-Streichgerät bestellte ich erst so im Jahr 1975 bei der Firma Ammon aus Würzburg.

Die Mandeln haben wir in den Anfangsjahren noch selber abgezogen. Dazu wurden sie kurz im heißen Wasser blanchiert und die Haut dann entfernt, die Mandeln wurden halbiert und zur Krönung auf die Lebkuchen auflegt. Für die Masse wurden sie in einer alten Mühle, nachdem sie im Backofen getrocknet und leicht angeröstet wurden, gemahlen.

Lebkuchenrezepte gibt es viele in allen möglichen Variationen.

Wir schlugen zuerst Eiweiß, mit viel Zucker, dass in mehreren Portionen dem Eiweiß zugesetzt wurde, in einem großen Planten Rührwerk auf. Dann wurde der Schneebesen gegen einen Flachschläger ausgetauscht, es kam viel Persipan, später stellten wir auf Marzipan um, in die Masse, dann die gemahlene Backmischung** und dann Zug um Zug Weizenmehl, Haselnüsse, oder Mandeln oder Walnüsse, je nach dem was für eine Sorte gebacken wurde, dann kamen die Gewürze*** und Ammonium dazu und immer eine kräftige Prise Salz. Es wurde solange gerührt bis eine glatte Masse entstanden ist. Den schweren, dreißig Liter fassenden Edelstahlkessel mussten wir mit zwei Mann aus der Maschine hieven. Mit einem Eisportionier wurden dann etwa achtzig Gramm schwere

Bällchen auf die runden, zehn Zentimeter im Durchmesser großen Oblaten herausgedrückt und manuell mit einem Lebkuchenstreichgerät verstrichen. Nach dem Aufstreichen trockneten sie dann über Nacht im warmen Gärschrank. Es musste darauf geachtet werden das sich kein Wasserdampf mehr in der Gärkammer befand. Dann, wenn sich eine richtig trockene Kruste gebildet hatte, wurden sie am nächsten Tag gebacken. Nach dem Erkalten dann entweder mit einer stark verdünnten, warmen Fondant Glasur glasiert oder mit dunkler Edel-Kuvertüre überzogen.

Wir haben Haselnuss-Lebkuchen mit verschiedenen Überzügen (siehe oben) gebacken, Spezialsorten waren Walnuss, Mandel und Kardamom-Orange. Mittlerweile, in der heutigen Zeit gibt es noch viel mehr Sorten. Mein Bruder bäckt heute noch die begehrte Spezialität, wenn auch nicht mehr nach dem alten Rezept meines Vaters, in seiner Lebküchnerei in der Würzburger Straße.

*Backmischung ist eine Paste aus gemahlenem Zitronat und Orangeat zu gleichen Teilen.

**Persipan, aus Aprikosenkerne hergestellte Masse ähnlich dem Marzipan nur wesentlich günstiger im Handel. Wir sagten meistens lachend Perverisipan 😊 dazu.

***Typische Lebkuchen Gewürze sind Zimt, Nelke, Kardamom, Sternanis, Fenchel und Ingwer, der auch für das englische Wort für die leckeren Lebkuchen verantwortlich ist. Die englische Bezeichnung „Gingerbread" bedeutete im Mittelalter einfach „eingemachter (haltbar gemachter) Ingwer" und leitete sich her vom alt-französischen „gingebras", das wiederum vom lateinischen Namen „cingebar" kommt.

Kapitel 6 Frühschoppen

Mein Vater, in seiner Funktion als Innungsobermeister, organisierte regelmäßig einmal im Monat für die Mitglieder und Kollegen der Bäckerinnung Kitzingen Stadt und Land, wie die Innung offiziell hieß, einen Frühschoppen. Hier konnten sich die Kollegen austauschen, einen oder zwei Schoppen, manchmal auch mehr, trinken und für ein paar Stunden mal richtig abschalten. „Gott segne das ehrbare Handwerk" war der Satz zum Beginn jeder Veranstaltung dieser Art. Um die Innungskasse zu schonen mussten wir, also mein Bruder und ich die Kitzinger Kollegen mit einer Art Laufzettel einladen. Auf dem Stück Papier war vermerkt wann und wo der Frühschoppen stattfindet. Meistens war das bei einem Kollegen der auch eine Weinstube oder Café an seine Bäckerei angegliedert hatte. Wie zum Beispiel der Pauls Beck in Kleinlangheim, Heuschmann in Kitzingen am Krainberg, beim Eichingers Hans in der Kaiserstraße, beim Jöstleins Walter in Etwashausen oder beim Kollegen Müller in Geiselwind. Im Turnus radelten wir dann zu den verschiedenen Bäckereien. Ein Nachmittag ging da immer drauf. Die Bäckermeister sollten auf dem Zettel unterschreiben um damit zu zeigen das sie benachrichtigt wurden. Es war in der Regel nicht so einfach alle Bäcker immer am Nachmittag anzutreffen.

Durch das frühe Aufstehen nutzten die meisten Bäcker den Nachmittag zu einem ausgiebigen *Bäckerrusel.

Begonnen habe ich bei meiner Tour immer in der Siedlung beim damaligen stellvertretenden Innungsobermeister Albin Straub am Kleistplatz, der für sein naßgelaibtes Rhönbrot bekannt war.

Empfehle aus meiner neuzeitlich eingerichteten Bäckerei:

ff. Roggen-Feinbrot, sehr mildes Mischbrot,

außerdem mein

ganz hervorragendes **Bauernbrot**

kernig kräftig, aber nur in Laibform zu 1½ und 3 kg

sowie Vollkorn-Brot

Torten, Kuchen und die verschiedenen Gebäcke

in großer Auswahl immer frisch aus der

Kühlvitrine

Empfehle auch meine ff. Speise-Eis-Sorten

Sonntags durchgehend geöffnet

Albin Straub Brot- und Feinbäckerei
SIEDLUNG, Kleistplatz 9

Dann gings zum Kollegen Kootz in der Königsberger Straße und zu den Köberleins am Galgenwasen. Dann fuhr ich weiter zum Café Jöstlein in Etwashausen, wo meistens die Frau von Walter unterschrieben hatte. Über die Alte Mainbrücke gings dann auf den

Marktplatz zum Gräfs Beck, von dort in Richtung Schrannenstraße/Landwehrstraße zur Bäckerei Hauck und zum Riedmanns Herrmann. Durch die Kapuzinerklosterbrückenstraße zur Traberts Gerda, der einzigen Bäckerei die es heute noch gibt. Hinauf zum Bejenke in der Ritterstraße. Dann über die B8 in die Bismarckstraße zum Winzenhörnlein gegenüber der Hilly-Billy-Bar, die es auch schon lange nicht mehr gibt. Durch das kleine Gässlein gings in die Paul-Eber-Straße zum Bieners Beck am Bahnhof vorbei zur Repperndorfer Straße zum späteren Innungsobermeister Claus Lux, der für seine Neisser Spezialitäten bekannt war. Zurück über die B8 in die Obere Bachgasse zum Derr's Herrmann, dann die Alte Poststraße hinunter zum Hanfts Anton in der Kaiserstraße. Auch Schriftführer Hans Eichinger hatte seinen Betrieb in der Kaiserstraße. Er stammte aus Niederbayern und seine Frau hieß Josefa. Er erfand die „Kitzinger Kätherli". Dann Abstecher zum Heuschmann am Krainberg wieder zurück zum Rosenberg, den hinauf, zum Haucks Franz, später Gerlach. Zum Gutjahr am Eck zur Fischergasse ging ich meistens vor der Schule, dort bekam ich immer eine leckere Gewürzschnitte, es war die einzige Bäckerei von der ich so eine Art von Anerkennung bekam.

*Bäckerrusel ist der Nachmittagsschlaf der Bäcker.

Beim Frühschoppen die Bäckermeister vlnr: Anton
Hanft, Hans Eichinger und Paul Will

Kapitel 7 Salzarme Brezen und andere Katastrophen

Es war eine ganz peinliche Geschichte. Karl Will, mein Onkel, Amtsgerichtsdirektor und Bürgermeister von Kitzingen hatte zu seinem 60.Geburtstag ins Paul-Eber-Haus viele Leute eingeladen, der gesamte Kitzinger Stadtrat war anwesend inclusive Oberbürgermeister Rudolf „Sherry" Schardt, Honoratioren aus dem Kirchenleben und den örtlichen politischen Parteien aus Sport, Giltholz und anderen Vereinen kamen zum Empfang um ihren Karl zu gratulieren. Karl stammte aus unserer Bäckerei und war ein Bruder meines Vaters also mein Onkel. Ich war stolz als ich die frischen Laugenbrezen anlieferte und viele der Gratulanten und Anwesenden stürzten sich auf die warme Köstlichkeit. Doch viele kauten plötzlich sehr hoch und Karl der ebenfalls in eine Laugenbreze gebissen hatte sagte dann leise zu mir: „Sehr salzarm Hans, sehr salzarm!!" Ich probierte und tatsächlich im Teig wurde das Salz vergessen. Ich fuhr so schnell es ging zurück in die Bäckerei, nahm alle Brezen mit und kochte schnell ein kleines „Wichsler", also Wasser aufgekocht und mit Kartoffelmehl eingedickt. Dann war Teamwork gefragt. Einer musste die Brezen ganz dünn mit dem „Wichsler" (Warum das so heißt kann sich ja jeder vorstellen, wenn er ein bisschen

Fantasie besitzt) also ganz dünn und dann die Breze einfach in ganz normales Speisesalz drücken, auf Backbleche setzen und dann für 3 – 4 Minuten nochmal in den heißen Backofen schieben. Es war perfekt und auch Karl und seine Gäste waren begeistert.
Im Bild unten gratuliere ich ihm bei seinem Empfang im Paul-Eber-Haus.

Natürlich hatten wir in der Firma immer wieder einmal den ein oder anderen Lapsus mit der Backwaren Qualität zu überstehen. So hat zum Beispiel

Bäckermeister Reiner S. Quarkstollen anstelle einer Zuckerkruste eine Salzkruste verpasst. Er hat auch schon mal Partybrötchen ohne Hefe abgebacken. Besonders gelitten hat er einmal an einem Silvesterfeierabend. Nach tausenden von Eierringen brachte Werner M. damals noch Stift, heute Stadtrat ein starkes alkoholisches Getränk ins Spiel. Reiner durch einige Bockbiere schon merklich angenockt, vertrug das Hochprozentige nicht wirklich. Als der herbeigerufene Schwiegervater ihn abholte war kurzzeitig in einen Wagen mit Haferflocken abgekippt und verstreute diese über seinen Kopf.

Salz war auch immer wieder einmal das große Thema. So im Schnitt wurde es einmal im Vierteljahr in irgendeinem Teig vergessen. Wenn es natürlich dann in einem großen Ratsherrnteig, aus dem 64 Achtpfünder Laibe geformt werden sollen dann vergessen wurde, war das nicht mehr so lustig. Das ist zum Glück nur einmal vorgekommen.

Ein paarmal hatten wir in den 30 Jahren Stromausfall. Dank LKW aber nur immer für relativ kurze Zeit.

Das Mehl Silo hat ein Müller beim reinblasen des Mehles einmal verstopft.

Diverse Maschinen gingen kaputt und einmal hatten wir bei Starkregen Wasser in Backstube und Keller.

Kapitel 8 Ratsherrnlaib

Ich war es leid das der Dölls Hans und mein Onkel Karl jedes Mal, wenn sie ein Bauernlaibchen im Laden gekauft hatten, in die Backstube gelatscht kamen und ihre Brote in den Backofen schoben. Meistens waren sie am Nachmittag zu Gange. Da war aber der Backofen schon auf 80° abgekühlt zum nachbacken viel zu kalt.

Ich beschloss für die beiden Brot Gourmets ein neues Brot zu kreieren, das sie nicht mehr nachbacken mussten. Ich stellte mir vor das ich es mindestens zweieinhalb Stunden im Ofen backen werde, damit es schön knusprig wird. Neben der kräftigen Kruste sollte es auch eine dunkle, saftige und gut bekömmliche Krume bekommen. Also viel Roggen und Natursauerteig. Dazu dann ein Gewicht von mindestens acht Pfund, also vier Kilogramm. Dazu mussten dann aber die Steinplatten zum anbacken im Backofen auf 300° erhitzt werden. Das ist sehr wichtig da große Brote mit 90% Roggenanteil leicht verlaufen, wenn der Ofen zu kalt ist.

Ich musste nicht lange herumexperimentieren. Nach einer Woche konnte ich die Erlkönige in den Ofen schieben. Sie waren gelungen und schmeckten

köstlich. Auch Dank der, meiner Meinung nach, gut abgestimmten Gewürzmischung aus Kümmel, Koriander, Schabziger, Kardamom, Fenchel, Almodi, Anis und eine Spur Kreuzkümmel. Jetzt musste ein passender Name her. Ich entschied mich noch kurzem Überlegen für Ratsherrnlaib, da die beiden

Nachbackmeister beide im Kitzinger Stadtrat saßen. Der Laib wurde ein großer Verkaufserfolg. Auch viele Gasthäuser in Kitzingen, Sulzfeld, Schwarzach, Escherndorf, Köhler, Nordheim und Segnitz waren von der Qualität Überzeugt und bestellten den Laib und reichten die Brotscheiben zu Bratwurst, belegten Broten und Angemachten (Obazda). Zudem konnten die Laibe, dank ihrer langen Frischhaltung, auch sehr gut versandt werden und auch bei diversen Weinfesten und anderen Festlichkeiten fand der Laib seinen festen Platz. Nur die beiden Stadträte schoben auch weiterhin ihre Laibchen nachmittags in den abgekühlten Backofen.

Das Brot entwickelte sich zum Game Changer für das gesamte Brotsortiment in unserer Bäckerei. Auf meinem Blog habe ich 2007, nachdem ich mit dem Ratsherrnlaib zum wiederholten Male eine Goldmedaille bei der Brotprüfung erringen konnte, habe ich nachfolgendes auf meinen Kitziblog geschrieben: *„Gestern gabs die alljährliche Brotüberprüfung der Kitzinger Bäckerinnung, die freiwillige Selbstkontrolle der deutschen Bäcker ist immer ganz interessant. Für unsere Bäckerei gabs für den Ratsherrnlaib die optimale Bewertung. Die anderen vier angestellten Brote, Basler Landbrot, Klosterbrot, Bauernstollen und Häckerlaib, bekamen mit Silber nicht das was ich mir erhofft* hatte. *Lags am Wetter, am Ofenbäcker, der hatte zwar ein für ihn anstrengendes Weinfestwochenende hinter sich gebracht, aber meistens macht er seine Sache doch sehr gut, meistens halt. Manchmal haben auch die Lehrlinge ihre Finger im Spiel* 😊, *wir sind halt noch ein Betrieb der ausbildet, oder habe ich da was verbockt, will ich jetzt mal nicht ausschließen. Keine Ahnung und so schlecht sind 4 Silbernere ja auch nicht, lieber so als dass ich es so machen müsste wie ein Kollege der seine gesamten Brote für die Brotprüfung von einer Backmittelfirma anfertigen lässt. Da hätte ich schlechte Karten, weil wir relativ wenig Backmittel verarbeiten und die Jungs vom Syndikat helfen halt nur guten Kunden. Nachteil der rein sensorischen Prüfung ist halt auch das die Geschmäcker verschieden sind ein Badenser isst helleres Brot und wenn ein Gelbfüßler in ein fränkisches Sauerteigbrot beißt dann ist das erst mal eine kleine Geschmacks-Explosion für ihn. Die Tatsache das die chemisch-technische Untersuchung ganz gefehlt hat, ist halt auch so die Sache wo ich dann sage ok Hauptsache ist es doch das das Brot den Kunden schmeckt."*

Kapitel 9 Vorlaufbrot

Eines Tages kam Bäckermeister Julius Endrich aus Willanzheim zu uns in die Bäckerei. Er wäre jetzt in einem Alter wo es nicht mehr so von der Hand geht. Er fragte ob wir an Samstagen sein Vorlaufbrot backen könnten, er sei das seiner langjährigen Kundschaft schuldig, so oder so ähnlich drückte er sich aus. Vorlaufbrot war bei ihm ein Brot das zu gleichen Teilen aus den hellen Typen von Roggen -und Weizenmehl bestand. Also Type 812 und 815. „Ausgerechnet Samstag!", dachte ich da haben wir eh schon so viel zu backen. Aber egal wir sagten Julius zu. Aber nur unter der Voraussetzung das er uns beim ersten Mal backen zeigt wie es funktioniert. Vor allem als ich hörte das er ohne Natursauerteig bäckt. „Des lohnt sich für mich nicht!"

Samstagnacht 0.30 Uhr es klingelte. Julius stand vor der Tür. Bewaffnet mit zwei Zutaten-Schaufeln und einem Sack mit dem benötigten Backmittel. „Im Auto draußen habe ich noch das Mehl. Es waren zwei 25kg Säcke der Pfeuffersmühle aus Tiefenstockheim.

Julius leerte die beiden Säcke in den Spiralkneter, dazu dann 35 Liter Wasser, was dann einer *Teigausbeute von 170 entsprach. Schön weich. Oder wie einige Schlaumeier sagen. Weicher Teig(ch) macht den Bäcker reich. „Hier steht die Waage da kannst du deine Zutaten reinwiegen!" „Brauch ich nicht, ich hab doch mei Schäuferli dabei! Die Kleine für das Salz und die hier, die Größere, ist für des Fortschritt. Aha dachte ich mir, bisschen Maria Hilf musste es also doch sein.

Als die Teigmaschine im ersten Gang anlief leerte er noch ein Tütchen mit einem braunen Pulver in den Teig hinein, dazu noch drei Pfund Presshefe. „Des waren 200g gemahlener, gerösteter Kümmel!" Drei Minuten im Langsamgang und fünf Minuten im Schnellgang und der Brotteig war fertig. Mein Vater und Julius unterhielten sich angeregt. In der Zwischenzeit schaute ich auf den Sack mit dem Backmittel der Firma Ireks. Fortschritt stand mit großen Lettern drauf. Dann weiter etwas kleiner: Ausgleich schwankender Sauerteig Qualitäten, stabile

Teigeigenschaft, gute Gärstabilität, ansprechendes Brotvolumen, gleichmäßiges Porenbild mit weichen Kaueindruck, abgerundeter Brotgeschmack, langanhaltende Verzehrfrische und deklarationsfrei. Nach einer Stunde Teigruhe machten wir die Brote auf und nach einer weiteren Stunde konnten wir die Brote in den Ofen schieben. Um halb vier waren die Brote in den Körben und Julius fuhr zurück nach Willanzheim.

*Teigausbeute (TA) ist das Verhältnis zwischen Wasser und Mehl im Teig, wobei die Mehl-Menge immer aus 100 Teilen besteht. Sie gibt Aufschluss über die Wasseraufnahmefähigkeit, Teigkonsistenz und die Teigmenge (inkl. restlicher Zutaten).

Die Wasseraufnahme beim Mehl hängt von folgenden Faktoren ab: Eiweißgehalt (Kleberqualität), Schalenanteil (Typenzahl) und dem Knetsystem.

Rezept Vorlaufbrot

100kg Mehl und 70 Liter Wasser entspricht TA 170. Schäuferle Salz (2kg) und große Schaufel Fortschritt (4kg).
12kg Mehl und 8,4 Liter Wasser entspricht ebenfalls einer TA von 170. 840 geteilt durch 12 = 70.

Kapitel 10 Der verschwundene Truthahn

Die Währungsreform 1948 beendete gerade den bis dahin verbreiteten Tauschhandel und die Schwarzmarktwirtschaft als mein Vater von den amerikanischen Streitkräften eine Anfrage bekam ob er 40 Truthähne zu Thanksgiving im Backofen brutzeln könnte. Natürlich war das kein Problem und so rückte ein Küchentrupp der Amerikaner an und brachte die vorbereiteten Turkeys in ihren Bratformen in die Backstube in die Rosenstraße in Kitzingen. Ein Major fragte meinen Vater ob er noch was bräuchte. Mein Vater bestellte zwei Kästen Märzenbier vom Scheuernstuhl. (Ob warm ob Kuhl trink Scheuernstuhl) Für die Amis war das damals kein Problem das Bier zu besorgen. Als alle Truthähne im Ofen waren gesellte sich ein korpulenter, farbiger Sergeant als Aufpasser dazu. Mein Vater bot ihm dann ein Bier an. Den Inhalt der Bügelflasche hatte er dann ziemlich schnell intus, dann noch ein Zweites, es war sehr warm am Backofen und auch noch Drittes. Nach einer Stunde und dem vierten Bier, schlief der Sergeant den Schlaf des Gerechten. Nach gut drei Stunden kam wieder ein Trupp GIs um das Feiertags Geflügel abzuholen und der leitende Major beglich den Backlohn und weckte den Sergeant unsanft auf. Als die US-Boys abgerückt waren zog mein Vater noch einen Vogel aus dem Ofen und die eingeladenen Freunde hatten nach langen Jahren des Darbens wieder mal etwas Anständiges zu Essen und zu trinken. Ein Holzkasten Scheuernstuhl Bier mit Bügelverschluss war ja auch noch da. Dann ließen sie ihren Paul, an dem grauen Novembertag, hochleben.

Artikel 11 Klosterbrot

Es war im August 1978 und mein Freund und Trainingspartner Artur Rütter, ein bekannten Kitzinger Gastronom und ich fuhren mit dem Rennrad unsere beliebte Runde um die Mainschleife. Ich saß auf einer Mercier Maschine und Artur hatte seine Guerciotti startklar gemacht. Beide Rennräder waren mit Campagnolo Super Record ausgestattet. (Heutzutage eigentlich unbezahlbar) Es gab noch keine Klickpedale und als Übersetzung hatte ich auf den 170mm Kurbeln Kettenblätter mit 52/42. Artur hatte 172,5 Kurbeln und ein 54iger Kettenblatt. Hinten Fünffachkranz mit 14/15/17/19/21, der Geierschnabelsattel vermittelte einen einigermaßen guten Sitzkomfort.
Wir cruisten so dahin und unterhielten uns über gesunde Ernährung. Damals noch ein Buch mit sieben Siegeln. Während des Dahincruisens fragte mich Artur ob ich bereit wäre über die Herstellung eines gesunden Brotes nachzudenken. Es war ein heißer Sommertag und die nötige Pause gönnten wir uns in einem Straßencafé genau neben dem Kloster in Münsterschwarzach. Also was sollte alles rein ins Brot sagte ich und schlug mal vor: Vollkornmehl, Leinsaat, Sonnenblumenkerne, Haferflocken, Sauerteig, reduzierte Salzzugabe und auch nur Meersalz und

verschiedene Gewürze. Artur der alte Witzbold meinte dann noch das Spickers Rauschmittel hinein sollte. Es war ein fiktives Dopingmittel das Artur im Spaß verwendete. In den Tagen darauf backte ich immer wieder ein paar Brote. Weicher Teig, festerer Teig, Körneranteil wieviel geht das das Brot nicht zu krümeln anfängt. Wie lange den Schrot quellen. Im Kasten oder frei geschoben. Es war ein hartes Stück Arbeit. Damals vor 46 Jahren kannte man so ein Brot noch nicht, es gab auch keine Rezepte. Ich probierte viel aus und verkostete die Testbrote monatelang mit meinem Freund Artur solange bis wir es für gut befanden. Als Dekor wurde das Brot vor dem einlegen in die Brotkästen in eine Mischung aus Sesam, Leinsamen, Haferflocken, Brotkrümel, Sonnenblumenkerne und Dinkelflocken gewälzt. Bei den Brotprüfungen der Bäckerinnung in den folgenden Jahren erreichte das Brot dann immer Bestnoten und Goldmedaillen. Selbst eine Mutter aus Kitzingen hatte von ihrem im spanischen Knast sitzenden Sohn den Auftrag erhalten drei dieser Brote mit nach Spanien zu nehmen, wenn sie ihn besuchen kommt, ich fragte sie aus Spaß ob ich eine Feile mit einbacken soll. Ich taufte das Brot Klosterbrot, weil wir das Grundrezept genau neben dem Kloster in Münsterschwarzach entwickelten. Auch die Variante des Brotes, mit Haselnüssen, dem sogenannten Quellkornbrotes wurde ein voller Erfolg. Ein Werbespruch lautete seinerzeit *Mit Klosterbrot hast du keine Atemnot* und die Werbegrafik zeigte einen Mönch auf einem Fahrrad.

Artikel 12 Tischtennis

Mein Vater und Onkel Charly, aus dem zweiten Stock, waren begeisterte Tischtennisspieler. Paul mit Shake-hand-Griffhaltung Charly bevorzugte die Penholder Schlägerhaltung. Vor allem im Sommer war die Platte in unserem kleinen Höfchen regelmäßig aufgestellt. Sie stand ein bisschen schräg, weil der Hof, zum Schutz bei *Starkregen ein leichtes Gefälle aufwies. Jedenfalls war dann beim Match meistens derjenige im Vorteil der gegen den „Berg" spielte. Das Lustige an der Geschichte ist die Tatsache das Vertreter oder Reisende, die in den sechziger Jahren noch sehr zahl-reich unterwegs waren, da es noch keine Firmenfusi-onen gab, etwas verkaufen wollten im Tischtennis meinen Vater schlagen mussten. Rudi Gerngras, ein Vertreter von Resi-Schmelz, verzweifelte oft an den Schmetterbällen meines Vaters. Nach dem Match gab es meistens einen Kaffee und eventuell auch ei-nen Auftrag, was aber nicht sicher war. Fast täglich kam irgendein Vertreter zu uns in die Bäckerei. Der Lustigste war zweifellos Kurt Rauscher aus Gelders-heim bei Schweinfurt, der für die Firma Braun unter-wegs war. Früher war er Radrennfahrer beim RV 89 Schweinfurt, fuhr Steherrennen auf den Radrenn-bahnen in Bamberg und Reichelsdorf und bis zu ei-nem schweren Sturz bei einem Kriterium in

Kulmbach auch Seniorenrennen. Nach dem Ober-schenkelhalsbruch war es mit dem Radfahren vorbei für ihn jedenfalls mit dem Rennen fahren. Er war es auch der mich zum Rennradfahren gebracht hat. Wir fachsimpelten oft stundenlang neben der Tischten-nisplatte. Seinen Wohnwagen hatte er in Lichtenfels aufgestellt und bei einem ersten Schritt Rennen dort haben meine beiden ältesten Kinder Marcus und Vic-toria dort unter seinem Coaching ihr erstes Radren-nen bestritten.

*Von Starkregen spricht man, wenn in kurzer Zeit au-ßergewöhnlich große Niederschlagsmengen vom Himmel fallen. In zwei Stufen warnt der Deutsche Wetterdienst: Fallen in einer Stunde mehr als 15 Liter Regen auf einen Quadratmeter Boden oder in sechs Stunden mehr als 20 Liter, gibt es eine „markante Wetterwarnung". Bei mehr als 25 Litern pro Stunde oder mehr als 35 Litern in sechs Stunden setzt der Dienst eine „Unwetterwarnung" ab.

Kapitel 13 Weiße Hand auf dem Rücken

In eine Bäckerei kamen früher, wie schon in Artikel 12 beschrieben, sehr viele Vertreter*innen und Mehl-verkäufer*innen. Auch der spätere Bundeswirt-schaftsminister Michael Glos schaute ein paarmal vorbei und bot das Mehl seiner Stolzmühle aus Brünnau an. Eigentlich hatten wir unsere festen Mühlen, wie Lippert Volkach, Ohlmann Oberlaim-bach und Cramer in Schweinfurt. Manchmal wenn gerade viel zu tun war konnte das schon sehr lästig sein. Vor allem wenn die Leute sehr aufdringlich wa-ren und im Weg herumstanden. Es kam halt schon vor das man nichts brauchte oder bei der Firma nichts kaufen wollte, weil entweder die Qualität ihrer Produkte nicht stimmte oder sie schlicht und einfach zu teuer waren. Ein probates Mittel, um sie schnell wieder loszuwerden war es dann bei den Bäckern, dass sie eine Hand in Mehl einrieben. Das ging ziem-lich fix, es wurde einfach mit der flachen Hand über das Staubmehl auf den Backtisch gerieben. Gut zur Geltung kam die weiße Hand dann, wenn der zu Mar-kierende eine dunkle Jacke anhatte. Und so ging es dann. „Na Albert wie geht's denn? Oder entschuldi-gen sie bitte ich müsste mal vorbei!" Verbunden mit einem Klaps auf die Schuler oder Rücken und schon war die weiße Mehlhand platziert. Brutaler als die weiße Hand auf dem Rücken war ein Batzen Sauerteig in der Aktentasche. War aber bei uns nicht der Fall, wir hatten es nur von den Reisenden gehört das sowas in anderen Backbetrieben gehandhabt wurde. Das war dann richtig eklig, überhaupt im Sommer, wenn der Sauerteig schnell das gären anfing. Also wie gesagt bei uns war nur die Mehlhand oder die Tischtennisplatte (Art.12) im Einsatz.

Kapitel 14 Verlorene Backwaren

Jetzt kann man darüber lachen. Es sind aber wirklich ganz üble Geschichten gewesen die manchen Ausfahrern passiert sind. Ausfahrer waren die Leute die die Backwaren in die Lieferfahrzeuge geladen haben um sie zu Kunden, Intuitionen wie Altenheim und Krankenhäuser oder Filialen zu befördern. Sprich bei uns an der Bäckerei einzuladen, zu transportieren um sie am Ziel dort wieder auszuladen. Ich selber habe das, als ich schon meine Rente bezogen habe, im Nebenerwerb auch für ein halbes Jahr gemacht. Mit dem Ergebnis das ich in einer Nacht in einen schweren Unfall verwickelt war. Rentner waren dann auch sehr oft diejenigen die nachts mit den Lieferautos unterwegs waren, aber nicht nur. Hartmut, den Namen habe ich geändert, hatte mit Mainbernheim und Iphofen seine feste Route. Er war nicht der aufmerksamste Mitarbeiter. Er brauchte die Kohle. In der Firma war er zudem nicht der Beliebteste, immer schlecht drauf und am Motzen. Er fuhr also los, als erstes schonmal gegen die Einbahnstraße, mit ziemlich viel Schmackes dann um die Kurve an der Ecke Rosen-Falterstraße. Hier flog dann schon der erste Korb mit Brötchen aus der Ladefläche. Er hatte vergessen die Türen des Kleintransporters richtig zu schließen. Nach fünf Minuten kamen die ersten erregten Kunden in den Laden: „Euer Fahrer verliert, die ganzen Weck, die ganze B8 ist schon übersät, überall kugeln die Weckli rum!" Wenn es nur die Brötchen gewesen wären. Am B8 Kreisel muss er es wohl gemerkt haben. Da war es aber zu spät die Ladefläche war leer, er hatte alles verloren. Mit fünf Mitarbeitern sammelten wir dann alles wieder ein. Die Biotonnen waren dann voll und in der Filiale in Iphofen fehlten die Backwaren. Es war ein stressiger Tag.

Silvester 2006 war dann auch so ein rabenschwarzer Tag. Eierring-Großkampftag. Arbeitsbeginn 30.12. 17 Uhr – Feierabend 31.12. 12 Uhr. Tausende Baguettes, zehntausende Eierringe viele Krapfen und anderer Kleinkram wird in so einer Nach gebacken. Jedenfalls war in der Nacht der große Transporter voll mit Backwaren und bereit für die Abfahrt nach Wiesentheid in die dortige Filiale. Hangman, der Ausfahrer kam schon mit glasigen Augen angewackelt. Er fuhr los um nach einer knappen halben Stunde in der Rechtskurve kurz vor Kleinlangheim mit den Movano von der Straße abkam. Er legte den Bus auf die Seite und es dauerte dann Stunden bis drei Mitarbeiter, die natürlich in der Produktion fehlten, den Bus auf andere Lieferfahrzeuge umgeladen hatten. Gut ein Drittel war aber auch da nicht mehr für den Verkauf geeignet. In eine ähnlich prekäre Lage brachte uns, ich nenne ich ihn mal Reinhold, als er bei einem Crash in Iphofen die Ladung ebenfalls killte und zudem den Toyata Bus zu Schrot fuhr. Bei uns saßen schon viele Experten hinter den Lenkrädern. Obwohl ich sagen und schreiben muss das wir auch viele zuverlässige Mitarbeiter in der Spedition hatten. Nur noch einen Satz zu Reinhold, er brachte es fertig einen anderen Bus einmal komplett zu schrotten, ihn dann in die Garage zu fahren und den Autoschlüssel so mir nichts, dir nichts an das Schlüsselbrett zu hängen. Ich frage mich heute noch wie er aus dem völlig verbeulten Bus aussteigen konnte.

Kapitel 15 Tausche Marzipan gegen Sex

Die Amerikaner haben das Leben in Kitzingen seit Ende des Zweiten Weltkrieges geprägt. In der Garnisonsstadt für das US-Militär haben in den Hochzeiten 15.000 US-Amerikaner neben 20.000 Einheimischen gelebt. Klar das die GIs das Nachtleben geprägt haben. Im 200m Umkreis unserer Bäckerei gab es fünf Bars bzw. Nachtclubs. In der Falterstraße Milchbar und Havanna und in der Rosenstraße Frankenklause, Bengasi und Floridabar. Vor allem in den 50er Jahren bis Anfang der 70er wurden die Straßen mit Leben und Musik gefüllt – in den vielen Bars war fast täglich Livemusik und Entertainment geboten. Das ging so weit, dass Kitzingen von der Zeitung mit den vier Buchstaben den Spitznamen „Klein Las Vegas am Main" bekommen hatte. Klar ist auch das in den Bars Animierdamen die US-Boys unterhielten und zum Trinken anregten, wobei die Getränke erheblich teurer waren als in einer normalen Gaststätte. Animierdamen sind hierbei grundsätzlich von den Prostituierten zu unterscheiden, auch wenn zuweilen auch sie sexuelle Dienstleistungen angeboten hatten. So auch Dina, von der gleich die Rede sein wird. Jim Beam und Dollars ließen die Hemmungen und zum Teil auch die Hüllen fallen. Mehr als einmal fanden wir, als kleine Buben, auf dem Schulweg am

Rosenberg gebrauchte Kondome, Höschen und Büstenhalter.

Wie ging es weiter. Bei meinem Schulfreund Walter hatte sich in einem Zimmer im Parterre gegenüber ihrer Arbeitsstätte der Florida Bar Dina eingemietet. Bevor es aber zum Einzug kam wurde das Zimmer renoviert, da legte die Mutter von Walter großen Wert drauf. Von der lukrativen Nebentätigkeit hatte sie natürlich keine Ahnung. Bei der Renovierung musste natürlich auch Walter mithelfen, und der hatte dann die zündende Idee.

Etwa zur gleichen Zeit, so genau kann ich mich nicht mehr daran erinnern, wurde bei uns in der Bäckerei die Holzkiste mit dem edlen Lübecker Marzipan aus der damals noch sehr kleinen Konditorei aus Platzgründen in ein Regal zwischen Mehlkammer und Backstube umgeräumt.

Das Zimmer von Dina, das sie anmietete hatte ein Fenster das man zum Keller des Hauses in der Rosenstraße öffnen konnte. Wieso das so war kann ich nicht mehr sagen. Altbau. Ich vermute das es mit dem Beruf des Großvaters zu tun hatte, der war Schustermeister oder sowas Ähnliches. Er hatte in dem jetzt renovierten Zimmer früher seine

Werkstatt. Jedenfalls klebte Walter die Fensterscheiben mit Zeitungspapier ab. Eine damals gängige Vorgehensweise. Dabei ließ er aber einen kleinen Spalt frei. Gewollt oder ungewollt tut nichts zur Tatsache das wir Jungs durch den Spalt beobachten konnten wie sich Dina von ihren Freiern, meistens US-Soldiers, verwöhnen ließ. Fünfzig Pfennig verlangte er Eintritt. Ich konnte mir mit einem Klumpen Marzipan aus dem Regal zwischen Mehlkammer und Backstube den Zugang zu den ersten erotischen Erkenntnissen meines Lebens erkaufen. Irgendwann kam Walters Mutter dahinter, er bekam eine Schelln, Dina musste ausziehen und mein Vater und Konditor Armin mussten sich nicht mehr wundern wo der ganze Marzipan hinkam.

Kapitel 16 Erich

War ein sehr zuverlässiger Bäckergeselle im besten Alter. Junggeselle und Ford Granada Fan. Zur Brotzeit mussten immer ein, manchmal auch zwei, Bierchen dranglauben. Dazu meistens halbes Pfund Leberkäs vom Neesers Metzger mit zwei frischen Kümmelkipfli. War einmal kein Bier im Hause, es stand immer in der Mehlkammer, war Erich unausstehlich. Er war halt ein toxischer, maskuliner Typ, zwar hochgläubig aber ab und zu gingen mit ihm die Gäul durch. Wir bekamen damals jeden zweiten Tag einen Kasten Bier von einer der Kitzinger Brauereien. Von der Brauerei Scheuernstuhl war es das süffige Märzen in der Bügelflasche und im Holzkasten, von der Bürgerbräu gabs, ich glaube es hieß Gold, kann mich aber auch täuschen und von der Brauerei Kleinschroth kam immer ein Kasten Helles. Stolz war Erich immer auf seinen Road Kill, den er dann meistens Stolz immer Kofferraum präsentierte. Meistens waren es normale Feldhasen, es konnte aber auch vorkommen das ein totgefahrenes Reh im Kofferraum lag. Sein lapidarer Satz dazu: „Eine Portion bekomme ich immer raus!"

Kapitel 17 Eierringe ohne Eier

Die Lebensmittelkontrolleure überprüfen z. B. in den Betrieben die allgemeine Sauberkeit und Instandhaltung der Bäckereien. Reinigung und Desinfektion von Räumen und Ausstattungsgegenständen, die direkt mit Lebensmitteln in Berührung kommen. Die Durchführung von Schädlingsbekämpfungsmaßnahmen. In Bäckereien werden meistens die Gärkörbchen ausgeklopft und wenn ein Mehlkäfer zum Vorschein kommt hat der Besitzer schlechte Karten. Die Männer und Frauen vom Amt überprüfen auch dass auf den Etiketten von Backwaren das richtige Mindesthaltbarkeitsdatum abgedruckt ist. Die Kontrollen erfolgen in der Regel unangekündigt. Die Kontrollhäufigkeit ergibt sich aus einer vorgegebenen, der jeweiligen Betriebsart. Muss eine Nachkontrolle angeordnet werden so muss die der Betriebsinhaber bezahlen. Wichtig war das man selber immer je 2 Proben mit 100 g Probenmenge als Rückstellprobe gebildet hat, damit im Krisenfall eine Rückstellprobe der Lebensmittelüberwachung übergeben werden kann und eine zweite Rückstellprobe noch für die Untersuchung durch ein selbst beauftragtes Labor zur Verfügung steht. Wir hatten meistens keine Probleme mit den Beamten. Wichtig war das alle Mitarbeiter*innen eine Kopfbedeckung trugen. Das sogenannte

Bäckerschiffchen gehörte, neben weißem T-Shirt, karierter Bäckerhose und weißer Schürze zum Bäckeroutfit. Nur einmal gab es längere Diskussionen.

Es ging um die Eierringe. Eigentlich gibt es hierzu gar keine gesetzlichen Vorgaben, wie viele Eier in einem Eierkuchen oder Eierring sein müssen. Es war für meinen Vater eine große Aufregung. Eierringe das Kitzinger Traditionsgebäck schlechthin stand in der Beanstandung. Da aber Eierringe im Allgemeinen seit Generationen ohne Eier gebacken werden sahen die Verantwortlichen der Lebensmittelkontrolle, nach Überprüfung der Laborkontrolle ihre Stunde gekommen um uns eine reinzuwürgen. Es dauerte Monate bis wir die Leute vom Amt überzeugen konnten das der Name Eierring sich auf die Form des Gebäckes bezieht und nicht auf den Inhalt. Zum Glück hatten wir noch ein sehr altes Rezeptbuch meines Opas wo drinnen Stand das Eierringe ohne Eier gebacken werden. Es wäre für alle Beteiligte sinnvoller gewesen die Zeit die dabei vergeudet wurde für wichtigere Aufgaben zu verwenden. Aber in Deutschland haben Beamten sehr viel Zeit, was wir auch gespürt haben.

Kapitel 18 Kabbala

Frau K. eine türkische Nachbarin heuerte bei uns im Betrieb als Spülerin an. Besser gesagt sie bediente die große Spülmaschine. Das war kein leichter Job, vor allem im Sommer. Sie war Mutter von sechs Kindern und ihr Mann, das kann man so sagen war ein richtiger Pascha. Ich mochte die Familie und mit zwei Söhnen der Familie joggten ich und mein Bruder auch auf diversen Laufwettbewerben. Mehr möchte ich zu der Familie gar nicht schreiben. Lustig wars halt dann immer, wenn Frau K. in die Betriebsräume am späten Vormittag kam. Dabei hob sie immer die rechte Hand und grüßte höflich. Sie konnte kein Wort Deutsch oder sehr wenig. Jedenfalls mussten ja alle Mitarbeiter*innen in den Betriebsräumen eine Kopfbedeckung tragen. Irgendjemand sagte am Anfang ihrer Tätigkeit, dass sie ein Kabballa (fränkisch für Käppi) aufsetzen sollte. Darum war das Erste was Frau K. dann immer von einem gerade vorbeilaufenden Mitarbeiter*in wollte. Ein Kabballa. Dabei betonte sie die drei A besonders mit ihrer hellen Stimme. Bald hatte dann Frau K. ihren von den Kollegen*innen liebgemeinten Kosenamen. Es hieß dann immer „holt a Kapp es Kabballa kommt!" Mit der Zeit musste sie nichts mehr sagen. Das Kabballa kam von alleine.

Kapitel 19 Springerli

Oh wie ich sie gehasst habe. Diese weißen Gebilde Plätzchen. Springerle das traditionsreiche Gebäck und gleichzeitig Lieblingsplätzchen meines Vaters am Sonntagmorgen in der Adventszeit. Unter der Woche war keine Zeit für die aufwendige Arbeit an den kleinen oder großen Plätzchen mit Struktur. Deshalb am Sonntagmorgen Wassermarzipan ausstechen.

Gebacken werden die Springerli aus Eiern, Puderzucker, Mehl und einer Spur Hirschhornsalz. Anis wurde immer sparsam auf das Backblech gestreut auf dem die Springerli gelegt wurden. Typisch für Springerle sind dabei die schönen Motive, in denen der Teig gedrückt wird. Wir rollten dazu den Teig so auf eineinhalb Zentimeter stärke aus. Dann wurde die Springerliform, meistens war es ein rechteckiger Stück Holz in der Größe 20x10 Zentimeter in dem sechs Motive geschnitzt waren, hineingedrückt. Danach wurden die einzelnen Motive mit einem Teigrädchen ausgeschnitten und vorsichtig auf ein Backblech gelegt. Waren es runde Motive dann wurden sie mit einen gezackten Ausstecher in der passenden Größe ausgestochen. Danach mussten sie mehrere Stunden trocknen bis sich eine Kruste gebildet hatte um sie dann bei milder Hitze zu backen. In unserer Familie waren die dafür verwendeten Springerli-Model, in der Regel aus Holz und sie wurden von Generation zu Generation weitergegeben und wie ein kleiner Schatz gehütet. Für ein handgefertigtes Model aus Holz muss man schon ein paar Euro mehr auf den Tisch legen. Zu früheren Zeiten dienten die Model sogar als eine Art Visitenkarte wohlhabender Familien, die ließen sich ihre eigenen Holzformen mit ihrem Wappen schnitzen. Es gehen auch Model aus Wachs die in den letzten Jahren des vergangenen Jahrhunderts vermehrt auf den Markt kamen. Für Menschen, die nicht lesen oder schreiben konnten, waren die Motive auf dem Gebäck früher außerdem eine Sprache, die jeder verstand. So konnte gerne auch mal eine Liebesbotschaft übermittelt werden.

Ihren Namen haben Springerle übrigens der Tatsache zu verdanken, dass sie beim Backen stark aufgehen (aufspringen). Läuft alles wie geplant, dann bildet sich am Boden des Gebäcks ein Füßchen. Springerle sind ein gerade in Franken zur Advents- und Weihnachtszeit verbreitetes Bildgebäck mit historischen Wurzeln, die weit in das Mittelalter reichen und ehemals zu den verschiedensten Anlässen und Bräuchen gebacken wurden.

Nach dem Backen sollte man die Springerli auskühlen lassen vom Backpapier nehmen und in einer Blechschachtel aufbewahren, dann bleiben sie lange weich. Springerle sind natürlich zum Essen gedacht. Wie oben beschrieben sollte man sie für den Verzehr an Weihnachten nur lange genug im Voraus backen und mindestens sechs Wochen in eine verschlossene Plätzchendose legen, dann sind sie zum Fest schön weich und lecker. Dann schmecken sie fast wie Marzipan. Wir hatten aber auch Kunden die uns ihre Model brachten mit denen wir dann Springerli, sozusagen im Auftrag gebacken haben. Daraus wurden dann in der Regel die sogenannten Dekorationsspringerle. Mit viel Muse und dünnen Pinsel wurden sie dann, von den Kunden, mit Aquarellfarben verziert und bemalt.

Rezept: Eierspringerli   –   Eiermarzipan
500g Zucker am besten eignet sich gesiebter Puderzucker, 4 Eier, 625g Weizenmehl Type 550 Messerspitze Hirschhornsalz

Rezept: Wasserspringerli – Wassermarzipan

500g Zucker am besten eignet sich gesiebter Puderzucker
200g Kohlensäurehaltiges Mineralwasser
625g Weizenmehl Type 550
Messerspitze Hirschhornsalz. Beide Rezepte ohne Gewähr.

Kapitel 20 Frau Deppisch

Sie hat damals, in den sechziger Jahren, unseren kleinen Kiosk am Fuße des Falterturms betreut. Er würde sich dort in der heutigen Zeit auch gut machen.

Laut Wikipedia ist ein Kiosk im allgemeinen Sprachgebrauch die Bezeichnung für eine kleine Verkaufsstelle in Form eines Häuschens oder einer Bude. Je nach den verkauften Artikeln tragen die Kioske entsprechende Zusätze wie Zeitungs- oder Blumenkiosk oder auch Trinkhalle bzw. Wasserhäuschen. Unser Kiosk war der Bäckerkiosk.

In dem kleinen Häuschen am Falterturm wurden Backwaren aller Art unserer Bäckerei verkauft. Im Sommer gab es selbstgemachtes Eis. Der ganze Stolz meines Vaters. Mit speziell gekühlten Behältern trugen mein Bruder und ich das leckere Eis, jeden Tag, in den Kiosk. Bei Frau Deppisch, der „Filialleiterin" ☺ habe ich das erste Mal in meinen Leben Knäckebrot gegessen. Sie hoffte mit dem Genuss der dünnen, trockenen Scheiben würde sie abnehmen. Doch bestrich sie das Brot immer dick mit Butter was natürlich zum Abnehmen nicht gerade förderlich war. Der große Verkaufshit waren allerdings die warmen Wiener Würstchen, die belegten Brötchen mit Salami oder rohen Schinken oder die Laugenbrezen mit

Butter. Die Belegten Brötchen wurden von Frau Deppisch immer liebevoll mit Gürkchen Scheiben aufgepeppt. Die Wurstwaren holten wir immer beim Drenkhards Metzger am Rosenberg. Irgendwann, Ende der Sechziger Jahre wurde dann der Kiosk im Rahmen der Neugestaltung der Falterturm Umgebung endgültig abgerissen. Schade eigentlich. Aber es war einfach so. Ich bin mir fast sicher, wenn der heute noch dort stehen würde dann wäre das eine Bereicherung für die Stadt Kitzingen.

Kapitel 21 Brezen backen

Brezel oder Brezen sind ein symmetrisch verschlungener Teigstrang. Meistens als Laugengebäck verbreitet. Das Schlingen der Brezen bedarf schon etwas Geschick.

Foto oben: Uwe Hambrecht aus West-Hartford/Connecticut beim Brezelschlingkurs in unserer Backstube.

Die Teigstränge wurden bei uns mit der Hörnchenwickelmaschine vorgelängt und dann von Hand nachgerollt und geschlungen.

Nach dem Schlingen werden die Brezen auf Gare gestellt. Nachdem sie das gewünschte Volumen erreicht hatten, kamen sie in den Tiefkühlfroster. Gefroren wurden sie dann belaugt und danach abgebacken. Beim belaugen musste man aufpassen das man keine Lauge in die Augen bekam, eigentlich war eine Schutzbrille Vorschrift und auch Gummihandschuhe musste man bei dieser Arbeit anziehen. Gebacken wurden sie auf speziellen Matten. Früher waren Lochbleche aus Aluminium an der Tagesordnung. Die aber dann verboten wurden. Die Natronlauge hatte aus den Backblechen erhebliche Mengen an Aluminium gelöst, die in das Gebäck übergehen konnten und damit Gesundheitsschädlich waren. Es gibt sogar, wer hätte es gedacht, auch eine eigene Laugenbrezenverordnung.

Im Amtsblatt der Europäischen Union C 262/13 vom 11.9.2013, da kann man folgendes nachlesen: *„Beschreibung des Erzeugnisses, für das der unter Punkt 1 aufgeführte Name gilt Bayerische Brezen sind ein traditionelles Laugengebäck, die* im Verkehr auch als Bayerische Brezn, Bayerische Brez'n und Bayerische Brezel bezeichnet werden. In der Form ähnelt (und *symbolisiert) die Breze zum Beten verschränkten Armen. Diese Form ergibt sich aus dem Schlingen (Übereinander schlagen) eines dünn ausgerollten Teigstrangs mit Doppelknoten im Mittelteil, wobei die beiden Enden des Strangs in einem Abstand an den dickeren Brezenbogen angedrückt sind, dass möglichst drei gleichmäßig große Felder entstehen. Typisch für das Aussehen einer Bayerischen Laugenbreze ist die satt-glänzende, kupferbraune Krustenfarbe, zu der die beim Backen entstandenen wilden Risse im Brezenbogen einen hellen Kontrast bilden. Wertbestimmend für den Genusswert ist der laugige Geschmack in Verbindung mit dem röschen, kurzen Bruch der Breze sowie die wattige, noch weiche Beschaffenheit der Krume beim Verzehr. Es gibt sie in verschiedenen Varianten und Größen, meist mit grobem Salz bestreut. Alternativ können aber auch Mohn, Sesam und Kürbis- oder Sonnenblumenkerne und Käse verwendet werden. Die Kruste der Breze ist dünn, kastanienbraun und glänzend gebacken. Der Teig dagegen ist saftig, zart und hell. Bayerische Brezen werden auch als Tiefkühlteiglinge (z.B. für die spätere Weiterverarbeitung im eigenen Betrieb, für den Verkauf als TK-Ware zum selbst Backen im Lebensmitteleinzelhandel, Großhandel usw.) angeboten. Auch in gefrorenem Zustand haben sie bereits die Brezenform und fallen somit — nicht zuletzt wegen der unter Ziff. 5.2 aufgeführten Rezeptur und Form — auch unter den Begriffsschutz. Tiefgefrorene Teiglinge werden in der Regel vor dem Gefrieren belaugt.*

Rohstoffe (nur für Verarbeitungserzeugnisse) Neben dem Weizenmehl werden für die Herstellung des Teiges für die Bayerische Breze Wasser, Hefe, evtl. Backmittel mit Malzanteil, Kochsalz, Natrium-Carbonat und Fett benötigt. "

Es gibt aber auch süße Brezen aus zwei zusammen gelegten, verschiedenen Teigen. Bei uns in der Bäckerei waren das oben und unten Blätterteig und in der Mitte war eine Schicht Mürbteig. Dabei wurde der zusammengesetzte Teig dann in Streifen geschnitten Die einzelnen Streifen einige Male an jedem Ende zu einer Art Spirale gedreht und dann zur Breze geschlungen, mit Eistreiche bepinselt und in gehobelte Haselnüsse gedrückt. Sie wurden bei 200 Grad 15 Minuten gebacken. Noch heiß mit gekochter Aprikosenmarmelade bestrichen, dass sie schön geglänzt haben.

In der Fastenzeit wurden bei uns aus Dinkelvollkornmehl nur mit Wasser und Salz sogenannte Fastenbrezen gebacken.

In der Heutigen Zeit wollen auch viele Hobbybäcker*innen ihre Brezen selber backen und das am besten mit

Vollkornmehl. Das kann man dann so machen wie unten beschrieben. Einen Würfel Hefe, ein Pfund feines Vollkornmehl am besten gemischt halb Dinkel Halb Weizen, halben Teelöffel Salz

Um eine lange Frischhaltung zu erzielen wird am besten ein Kochstück gemacht, geht aber auch ohne.

Dazu nimmt man von dem Vollkornmehl 50g und brüht es mit 50g kochendem Wasser.

Dann Hefe zerbröseln und mit 5 EL Wasser verrühren. Dann das Restmehl und das Salz in eine Schüssel und in die Mitte eine Mulde drücken. Hefemischung hineingießen, mit etwas Mehl bestäuben und mit einem Tuch abdecken, an einem warmen und zugfreien Ort ca.15 Minuten aufgehen lassen. Anschließend mit etwa 200 ml lauwarmen Wasser und dem erkalteten Kochstück*, zu einem geschmeidigen Teig verkneten. Abdecken und mindestens 1 Stunde gehen lassen, bis der Teig sein Volumen verdoppelt hat.
*Das Kochstück kann man auch am Tag vorher oder ein paar Stunden vorher zubereiten.

Nach einer Stunde den Teig noch einmal falten, in 15 gleichgroße Stränge teilen und jedes Teigstück zu einem Strang von etwa 40 cm ausrollen. Die Stränge zu Brezeln formen und auf mit Backpapier ausgelegte Backbleche legen.

Wer die Vollkornbrezen belaugen will, was eine große Sauerei sein kann macht folgendes: 1 l Wasser in einem Topf erhitzen und 10g Natron darin auflösen. Brezen einzeln für etwa 10 Sekunden in die Natronlauge tauchen, mit eine Siebkelle herausnehmen, abtropfen lassen und zurück auf die Backbleche legen. Mit grobkörnigem Salz oder Sesam bestreuen und im vorgeheizten Backofen bei 180 Grad Umluft in etwa 20 Minuten braun und knusprig backen. Kleiner Trick zum beim belaugen: Die Teiglinge vorher entweder in den Froster und im Kühlschrank absteifen lassen. Das Handling ist dann einfacher.

Dann gab es noch die dreifach großen Weinfestbrezen, manchmal waren es auch sechsfach große. Auf Wunsch wurde der Brezelstrang auch geflochten, so dass der sanft geschwollene Bauch der Breze ein schönes Flechtmuster auswies. Was aber jede Laugenbreze ausmachte war die knusprig-ledrige Salzkruste und der weiche Hefeteigkörper, der etwas aufgesprungen oder eingeschnitten ist und sehr saftig war. Die dünnen krossen Teigarme machen jede Laugenbreze, vor allem wenn sie noch warm verzehrt wird zu einem echten Genuss.

Im Mittelalter war die Herstellung von Brezeln zeitlich reglementiert oder nur einem bestimmten Personenkreis vorbehalten. In der heutigen Zeit haben sich Betriebe auf industrielle Brezen Herstellung spezialisiert dabei kommen Schlingroboter zum Einsatz. Auch für das buttern der Industriebrezen gibt es mittlerweile Maschinen. Dabei kommt in einem Trichter oberhalb der Maschine ein kalter Butterblock hinein und durch ganz viel Druck wird die Butter aus elf Kanülen wieder über eine Auto-Einspritzfunktion mit der genau dosierten Buttermenge in die Brezel eingespritzt. Aber für viele Liebhaber der Butterbrezel sei nur eine handgeschmierte Brezel eine echte Butterbrezel.

Hier noch ein Rezept für 10 Laugenbrezen:

Einen Würfel Hefe, 300ml Wasser, kalt, 500g Weizenmehl Type 550 oder Dinkelmehl Type 630, 10g Salz, 10g Malz und 50g Butter. Für die vegane Variante tauscht man Butter gegen pflanzliche Margarine.

Alles zu einem stabilen Teig kneten und nach kurzer Teigruhe (10 Minuten) den Teig in 10 gleiche Stücke aufteilen und daraus Brezen formen. Gehen lassen auf die doppelte Größe. Dann kalt stellen am besten im Froster. Dann einen Liter Wasser aufkochen und vier Esslöffel Speisenatron dazu geben gut mit einer Schaumkelle verrühren und dann mit Hilfe der gelochten Kelle die gefrorenen Brezen durch die Lauge ziehen und auf mit Backpapier belegtes Blech legen. Dann je nach Geschmack Grobes Salz darüber streuen, ich mag es gerne mit einer Mischung aus geriebenem Käse und gehackten Kürbiskernen. Es gehen auch Sonnenblumenkerne oder auch grob gemahlener Pfeffer. Der Fantasie sind da keine Grenzen gesetzt. Dann 15 – 20 Minuten bei 220 Grad Umluft backen, je nach Ofentyp. Man muss aber bedenken das das Selberbacken mit dem ganzen Abwasch doch ziemlich viel Zeit in Anspruch nimmt. Gefrorene Brezen vom Diskounter sind ja auch nicht so schlecht, wenn man sie nach Anweisung bäckt, aber für jeden Hobbybäcker wiederum ein No-Go.

Die Herstellung der Brezen ist mittlerweile fest in den Händen der Lebensmittelindustrie.
Legenden zur Entstehung der Brezel gibt es einige. Eine davon erzählt davon das im Jahre 610 ein Mönch durch die gekreuzten Arme seiner Mitbrüder zu der Brezelform inspiriert wurde. Die weiteste verbreitete Legende ist die vom Hofbäcker Frieder aus

Bad Urach der von seinem der seinem Landesherrn Graf Eberhard zum Tode verurteilt in den Kerker geworfen wurde. Begnadiget würde er nur werden, wenn er ein Brot bäckt durch das die Sonne dreimal scheint. Er erfand dann laut der Legende die Brezel. Es gibt keine Beweise ob der Mönch oder der Hofbäcker die Breze erfunden hat.

Kapitel 22 Hörnli

Hörnli, das Lieblings-Gebäck der Baby Boomer Generation, war eine Spezialität in unserer Bäckerei. Irgendwie war es auch mein Lieblingsgebäck. Es schmeckte gut und war schnell und problemlos herzustellen. Zudem erinnern mich Hörnli immer noch an meine Kindheit. Es gab sie regelmäßig zum Abendessen mit leckeren Kakao, wenn im Laden nicht alle Hörnchen verkauft wurden.

Die Herstellung war in den frühen Jahren sehr mühsam. Dann konstruierte eine Maschinenbaufirma aus Markt Einersheim, die sich auf Bäckereimaschinen spezialisiert hatte neue Geräte und Maschinen die die Herstellung erleichterte. Natürlich hat da dann auch die Backindustrie ihre Fühler ausgestreckt und die Maschinen individuell konstruiert geordert. Große Teigling-Hersteller stellen mittlerweile große Mengen an verschiedenen Croissants her und haben den Markt damit geschwemmt. Das Bäcker Hörnchen wurde auch auf Grund, das unter anderem immer mehr Bäckereien aus den unterschiedlichsten Gründen schließen mussten, in den Hintergrund gedrängt. Ein Verkaufsleiter einer großen Bäckereimaschinen Firma hat zu mir in den 80iger Jahren einmal gesagt das es in 40 Jahren fast keine „kleinen" Bäcker mehr geben wird. Er hat damit recht behalten. In Franken mussten auch viele Betriebe schließen. Waren es 2010 noch 1.149 Bäcker, blieben im Jahre 2022 nur noch 794 übrig. Die Gründe sind vielfältig: schwierige Arbeitszeiten, Konkurrenz durch Discounter-Backshops, hohe Rohstoff- und Energiepreise, keine Nachfolger für alteingesessene Betriebe. Da nützt auch der Artikel 153 der Bayerischen Verfassung zum Schutz der Klein- und Mittelstandsbetriebe nichts in der es heißt: *„Die selbständigen Kleinbetriebe und Mittelstandsbetriebe in Landwirtschaft, Handwerk, Handel, Gewerbe und Industrie sind in der Gesetzgebung und Verwaltung zu fördern und gegen Überlastung und Aufsaugung zu schützen. Sie sind in ihren Bestrebungen, ihre wirtschaftliche Freiheit und Unabhängigkeit sowie ihre Entwicklung durch genossenschaftliche Selbsthilfe zu sichern, vom Staat zu unterstützen. Der Aufstieg tüchtiger Kräfte aus nichtselbständiger Arbeit zu selbständigen Existenzen ist zu fördern."*

Aber zurück zur Hörnles Herstellung. Hier zuerst das Rezept:

Einen Sack (50kg) Weizenmehl Type 550,
30l Wasser kalt,
drei Pfund Butterschmalz,
zwei Pfund Salz,

ein Pfund Zucker,

vier Pfund Hefe,

vier Pfund Margarine,

zwei Pfund Malzmehl

Gut kneten und dann 20 Pfund Teig mit 2,5 Pfund Ziehmargarine einziehen. Eine doppelte und eine einfache Tour reicht.

Nach ausreichend Kühlung wurden dann mit drei Pfund die Bruch ausgewogen. Diese wurden leicht rund gemacht. Ein Bruch ergab 30 Hörnli. Dazu wurde das Teigstück, also der Bruch, mit einem Rollholz auf die Größe eine Abpressplatte gerollt. Wir hatten damals einen sogenannten Fortuna Automat der sich durch eine außerordentlich robuste und stabile Bauweise ausgezeichnet hat. Die Maschine wurde durch einen Einschalthebel in Gang gesetzt, der mit einer Hand zu bedienen war. Durch den einstellbaren Pressdruck konnte jeder Teig, ob weich oder fest, jung oder angegart, mit genau dosiertem Druck geteilt (bei Hörnchen) oder rund gewirkt (bei Brötchen) werden. Dazu wurde die Abpressplatte mit dem Teig in die Maschine geschoben. Danach war wieder Handarbeit gefragt. Mit dem Rollholz wurden die Teigstücke auf die doppelte Größe ausgerollt, zu kleinen Häufchen zusammengelegt und auf die Ablage der Hörnchenwickelmaschine gelegt. Im Nächsten Arbeitsschritt wurden sie durch diese

Maschine gelassen. Dabei wurden die vorgerollten Teigstücke in ein gegenläufiges Band geschoben, das über mehrere Rollen lief und durch mehrere Umlenkungen die Teige aufwickelte und schonend langrollte. Die Teigschnüre, die etwa eine Länge von 10cm aufwiesen wurden dann mit der Hand etwas nachgerollt so das eine bauchige Rolle entstand und die dann gebogen auf ein Blech gelegt wurde. Alles mit sehr viel Gefühl. Bei der Gare musste man aufpassen das diese nicht zu warm war. Ansonsten wäre das eingezogene Fett, das beim fertig gebackenen Hörnchen für das mürbe Mundgefühl sorgt, ausgelaufen Gebacken wurden die Hörnli bei 220Grad mit Dampf oder Schwell, wie der eingeleitete Dampf in der Bäckersprache heißt, ungefähr 15 -16 Minuten. Beim Thema Schwell fällt mir ein das mit neuen Lehrlingen oft der Schabernack getrieben wurde das sie zu einem Bäckerkollegen geschickt wurden um einen Sack Schwell zu holen. Ein weiterer Gag den „Stiften" in den ersten Wochen ausgesetzt waren, war das mit der Sommer -bzw. Winterluft die aus den Reifen der Gärwägen getauscht werden sollte. Dabei mussten sie gegenüber zur Landmaschinen Werkstatt Kümmel&Schwab und nachfragen wann der Tausch möglich wäre. ☺ Dann gabs noch sie Sache mit dem Kümmelspalter und dem Hirschhornsalz.

Die Hörnli hatten viele Liebhaber. Erich Hartner, der leider viel zu früh verstorbene Malermeister konnte nach einer Zechtour durch die damals noch vorhandenen Nachtlokale schon so 10 frische Hörnchen verschlingen. Am Samstagmorgen kam dann seine Mutter zum Bezahlen vorbei. Einmal erzählte sie das Erich so blau war das er sogar den Hundekuchen ihres Mastino Neapolitano verdrückt hatte.

Warm mussten sie noch sein, dann schmeckten sie am besten. Auch die Besitzer der Hilly Billy Bar waren keine Kostverächter dieser Ur-fränkischen Spezialität. Sie kamen in der Morgendämmerung, wenn die letzten Gäste ihres Etablissements gegangen waren.

Kapitel 23 Amis

Amis und Kitzingen ist eine lange Geschichte. Im Februar 1945 wurde Kitzingen von amerikanischen Bombern in fünf Angriffswellen zerstört. Über 2.100 Bomben fielen von 174 Flugzeugen auf die Stadt herab, über 700 Menschen kamen bei dem Angriff ums Leben, etwa ein Fünftel der damaligen Einwohner der Stadt. Nach der Kapitulation wurde Kitzingen Garnisonsstadt für das US-Militär. In Hochzeiten lebten 15.000 US-Amerikaner neben 20.000 Kitzinger Bürger*innen. Nachts wurde Kitzingen von den Amerikanern aufgemischt und hatte bald den Ruf, das Little Las Vegas am Main zu sein. 2006 nach 61 Jahren Besatzung zogen die Amis wieder ab.

In diesem Kapitel geht es aber um den Amerikaner mit der Zuckerglasur. In Wickipedia wird er so beschrieben: *„Ein Amerikaner ist eine feine Backware aus Mehl, Zucker, Ei und Fett sowie Milch oder Wasser. Als Triebmittel wird Ammoniumhydrogencarbonat bzw. Hirschhornsalz verwendet. Das Lockerungsmittel Ammoniumhydrogencarbonat gibt dem Gebäck sein typisches Aroma."*

Ein Ami hat eine besondere Konsistenz - die verdankt er dem speziellen Lockerungsmittel, dem Ammoniumhydrogencarbonat. Das macht den Teig locker und sorgt für die besondere Geschmacksnote.

Ammoniumhydrogencarbonat nennt man übrigens auch Hirschhornsalz. Glasiert werden die Amis entweder mit Fondant, dann wäre es gut, wenn das Gebäckstück noch warm ist, oder mit schwarzer Fettglasur, natürlich geht auch halb und halb. Man kann auch Fondant mit Kakao oder schwarzer Fettglasur einfärben. Apropos einfärben. Nachdem immer mehr Menschen das Backen zu Hause wieder für sich entdeckt haben und auch Amerikaner backen ist bei den Glasuren mittlerweile, ähnlich wie bei den Donats, nichts ist mehr unmöglich was die Farben anbetrifft. Sehr beliebt ist Rosa und Hellblau mit bunten Streuseln obendrauf.

Mit unseren Amis belieferten wir früher auch einige Wiederverkäufer die in den Larson Barracks kleinere Verkaufsstände hatten und an die Gls Kaffee, Sweetrolls und eben die Amerikaner verkauften, die da dann aber Cookies hießen.

Unten unser Rezept (ohne Gewähr) für Amerikaner

1000 g Backmargarine
 750 g Zucker
  10g Salz
  20 Eier
2500 g Mehl

120 g Hirschhornsalz
800 ml Milch

Weiche Margarine mit Zucker und Salz schaumig schlagen. Nach und nach die Eier zugeben. Mehl mit Backpulver mischen und abwechselnd mit der Milch unterrühren. Teig in einen Spritzbeutel mit einer großen Lochtülle (ca. 12 mm) füllen. Mit Abstand gleichgroße Häufchen (ca. Ø 6 cm) spritzen. 14-16 Min. backen. Nach dem Backen gleich drehen und dann glasieren.

Kapitel 24 Lesung

Es war damals ein Versuch Backstube und Kultur unter einen Hut zu bringen. Die Idee hatte ich nachdem ich viele Lesungen im Würzburger Luisengarten fotografiert hatte. Unter anderem mit Harry Rowolt, die „heute-show"-Protagonisten Oliver Welke und Dietmar Wischmeyer, der Schauspielerin Martina Gedeck, Wladimir Kaminer, Charlotte Roche, Jan Weiler und etlichen anderen Autoren und Prominente. Zweimal hatte ich bei den Lesungen vor Weihnachten zusätzlich zum Fotografieren auch unsere Original Will´s Lebkuchen verkauft. Das kam sehr gut an und ich dachte mir das ich das auch in Kitzingen machen könnte. Natürlich war es schwierig einen namhaften Autor für das Vorhaben zu gewinnen. Ich blieb dann bei Roberto Bardéz hängen. Der für seine Korfu Krimis ein bisschen bekannt war. Der Name ist ein Pseudonym mit den richtigen Namen hieß der Mann Robert Bäurle. In Kitzingen kannte ihn scheinbar niemand, wenn ich ehrlich bin ich kannte ihn auch nicht. Jedenfalls kamen nur etwa vier Leute zur Lesung in den Glaspavillion vor der Bäckerei. Zu allem Übel sagte der Verlag einen Tag vor Lesung, die Teilnahme von Roberto Bardéz ab und boten mir an Klaus Bötig, einen Reisebuchautor, mit Spezialgebiet Griechenland, zu schicken. Um die ganze Sache nicht platzen zu lassen sagte ich widerwillig zu. Der Mann machte seine Sache gut es war kurzweilig und interessant. Im Endeffekt war es schade das so wenig Leute gekommen sind und wir uns, vor allem ich dadurch entmutigen ließen weitere Lesungen zu organisieren.

Kapitel 25 Armin

Nach dem Zweiten Weltkrieg wurden rund zwölf Millionen Deutsche aus ihrer Heimat vertrieben. Mit rund 3,25 Millionen Menschen, stammte die größte Gruppe aus der Region Schlesien, die aufgrund der Nachkriegsordnung an Polen fiel. Einer von Ihnen war Armin.

Er erlernte das Konditoren Handwerk in einer schweren Zeit. Ich habe in meinem Leben nie mehr einen

Menschen bei der Arbeit kennengelernt der so genau, exakt und sauber gearbeitet hat wie er. Dazu schmeckten seine Kuchen und Torten sehr, sehr lecker. Legendär die Eliteschnitten, die Ananastörtchen, die Zitronenrollen, sein Englischer Kuchen, die Burgundercremetorte, die Marzipankartoffeln und die Nussecken. Es gab noch viele Spezialitäten die Armin mit Spritzbeutel und Palette zauberte. Ich kann mich nicht mehr an alles erinnern. Am Muttertag produzierte er in stoischer Gelassenheit hunderte von Cremeherzen. Er liebte den Steigerwald, darum zog er auch nicht aus Eberau und später aus Ebrach weg. Er fuhr lieber jeden Morgen um 1 Uhr los um auch im tiefsten Winter nach 40 km

pünktlich in Kitzingen zu sein. Meistens stand er bereits 10 vor Zwei mit seinem großen Opel oder war es ein Ford, jedenfalls eine größere Limousine auf seinem Stammparkplatz in der Rosenstraße dann rauchte er eine Zigarette und die Arbeit konnte beginnen. Großkampftag herrschte immer an Muttertag. Bis zu 400 Herzen in vielen Variationen wurden da in der Konditorei von Armin und seinen Helfern hergestellt. Er war der Doyan der süßen Abteilung.

Anbei ein paar Rezepte von ihm:

Sandkuchen:

1500g Backmargarine
1400g Zucker
Schaumig schlagen
Nach und nach
1500g Vollei dazu und 160g Ovalett (Emulgator) dazu
Dann
1400g Weizenmehl gesiebt
1000g Weizenpuder
 110g Backpulver dazu
Gut unterheben, durchrühren fertig. In Formen füllen und saftig ausbacken.

Englische Kuchen:

1600g Backmargarine
1400g Zucker
1200g Persipan

Schaumig schlagen
Dann nach und nach
1600g Vollei
Dann 2500g Weizenmehl und 40g Backpulver
Am Schluss 2500g Sultaninen, die zwei Tage mit
250g Wasser und 250g Rum eingeweicht waren, darunterheben. In Spezielle Kastenformen einfüllen
und saftig ausbacken.

Nussecken:

100g Eiweißpulver und 800g Wasser zu Schnee
schlagen.
Dann
je 200g Geröstete, gehobelte Cashewkerne und Haselnüsse
300g Weizenmehl und 30g Zimt darunterheben und
auf einen vorgebackenen Mürbteig Boden geben.
Größe 60x40 cm
Saftig backen
Auskühlen lassen, dann in Dreiecke schneiden und
die Kanten in Kuvertüre tunken.

Kapitel 26 Otto

Um es gleich vorneweg zu nehmen. Otto war mein bester Lehrling den ich jemals ausgebildet hatte. Ich glaube es war Pommes, ein anderer Mitarbeiter von mir, der später dann vorzog in die besser bezahlende Industrie zu wechseln, der Thorsten in Otto taufte. Grund war die frappierende Ähnlichkeit mit dem Komiker, Comiczeichner, Musiker, Schauspieler Otto Walkes. Mit Otto war es zwar in der Anfangszeit nicht ganz einfach, Pubertät lässt grüßen, aber dann war er eine große Stütze im Betrieb. Keiner konnte schneller das Brot auswiegen als er. Auch sonst war er sehr kollegial gegenüber seinen Arbeitskollegen*innen. Immer hilfsbereit und meistens auch gut gelaunt. Otto der dann irgendwann bei mir kündigte und einen wesentlich besser bezahlten Job bei einem Gipsplattenhersteller in Iphofen annahm engagiert sich nun ehrenamtlich für krebskranke Kinder und sammelt Spenden für die Elterninitiative, etwa bei Tombolas und Auktionen in der Adventszeit. Mit Hilfe der Spendengelder setzt sich die Elterninitiative als gemeinnütziger Verein unter anderem dafür ein, die drei Krebsstationen an der Unikinderklinik Würzburg familiengerecht auszustatten, den Klinikalltag durch die Finanzierung zusätzlicher Arzt- und Schwesternstellen zu erleichtern, zwölf Elternwohnungen in

Kliniknähe kostenfrei bereitzustellen und Familien während und nach der Therapie psychosozial zu betreuen. Nach dem Grund seines sozialen Engagements befragt wird er in der Mainpost mit folgenden Worten zitiert: „Es war eben an der Zeit mal etwas Gutes zu tun. Das schöne Leben kann so schnell vorbei sein, Und für manche hat es noch nicht mal richtig angefangen."

Kapitel 27 Krapfenwettessen

Es war so eine Idee in der Faschingszeit um wieder etwas Aufmerksamkeit bei Kunden und Presse zu erhaschen. Es wurden einfach Plakate in unseren Läden aufgehängt mit der Einladung zum Krapfen Wettkampf.

Die Teilnehmer konnten aus allen Krapfenkreationen auswählen die wir seiner Zeit im Angebot hatten. Also der klassische Krapfen mit Hiffenmarkfüllung, Eierlikör, Vanillefüllung, Trüffelschoko, Kirsch, Himbeere, Mousse au Chocolat, Baileys und Apfelzimt. Kann sein das ich jetzt eine Sorte vergessen oder eine zu viel hingeschrieben habe. Ist marginal. Jedenfalls der Sonntagmorgen an dem das Wettessen stattfinden sollte rückte näher und ca. 10 Teilnehmer*innen hatten sich angemeldet.

Die Spielregeln waren relativ einfach. Wer die meisten Krapfen in einer Stunde verdrückt hat gewonnen. Besser wäre gewesen die Zeit auf zehn Minuten zu verkürzen. So entwickelte sich ein zähes Ringen. Der Sieger ein älterer Mann aus Albertshofen schaffte 30 Krapfen, der zweitplatzierte, ein junger Mann aus Etwashausen schaffte 17 Stück, von ihm wurde Tags darauf berichtet das er beim Nachhauseweg die Krapfen auf der Alten Mainbrücke noch einmal durch den

Kopf gehen lies. Ob dabei alle rauskommen entzieht sich meiner Kenntnis. Eine junge Frau, sie war die einzige weibliche Teilnehmerin, schaffte 12 Stück sie wurde damit dritte, alle anderen Teilnehmer genossen mehr oder weniger die Spezialitäten und gaben sich mit einstelligen Zahlen zufrieden.

Kapitel 28 Schinken in Brotteig

Wurde meistens an den Feiertagen gebacken. Die Kunden brachten dabei ihre Schicken oder Fleischstücke zu uns und ich wickelte diese dann in Brotteig ein. Meistens nahmen ich Mischbrotteig, auf besonderen Wunsch der Kunden auch mal mit Bauernbrotteig. Zuerst tupfte ich die Schinken trocken. Auf Wunsch rieb ich die Schinken mit Senf ein. Dann wurde angegangener Brotteig abgewogen und auf dem bemehlten Backtisch zu einem Rechteck ausgerollt. Die Fläche musste groß genug sein, dass ich den Schinken darin einwickeln konnte. Den Teig ringsherum mit etwas Wasser bestreichen. Die langen Seiten über den Schinken schlagen und die kurzen Seiten ebenfalls mit Wasser einstreichen und dann an den Schinken andrücken. Dann den Teig gehen lassen und abbacken. Die Backzeit richtete sich stark nach der Größe des Schinkens oder des Fleisches. Manche Kunden brachten nur leicht angeräucherte Fleischstücke, andere Wiederrum brachten gepökelten Schinken, Katenschicken, Schwarzwälder Schinken oder auch Parmaschinken. Eine Familie brachte auch jedes Jahr zu Weihnachten Würste vorbei die ebenfalls in Brotteig eingebacken wurden.

Kapitel 29 Zwiebelkuchen

Der Zwiebelkuchen ist ein herzhafter Kuchen, der nach seinem hauptsächlichen Belag, den Zwiebeln, benannt ist. Bekannt ist der Kuchen im süddeutschen, ostdeutschen und im schweizerischen Raum sowie im Elsass. Das Traditionsgebäck zum Bremser hatte mein Vater schon immer mit voller Leidenschaft gebacken. Dafür wurde Mischbrotteig auf einem großen Backblech ausgerollte und die Masse aus gedämpften Zwiebeln die mit Speck, Rahm, Eier und Kümmel verfeinert wurde darauf gestrichen. In der Küche, die vor dem Laden war, stand ein alter Küchenherd der noch mit Holz und Kohle beheizt wurde auf dem wurde damals der Zwiebelplootz Warmgehalten. Das geschah meistens Anfang Oktober. In den sechziger Jahren des vorigen Jahrhunderts war vom Klimawandel noch nichts zu spüren und die Weinlese begann einen Monat später wie sie in der heutigen Zeit startet. Den Zwiebelkuchen gab es dann auch nur zwei Wochen. So blieb der Genuss zusammen mit dem Federweißen etwas was ganz Besonderes.

Jahrzehnte später haben wir den Zwiebelkuchen in runden, im Durchmesser von 28cm Formen, gebacken.

Anbei das Rezept für Teig und Belag:

Teig:

9000 g Weizenmehl Type 1050

150g Salz

2500g Backmargarine

750g Hefe

300g Malzmehl

500g Milchpulver

4000g Wasser kalt

Gut auskneten. Nach der Teigruhe Teigstücke a 350g auswiegen, rundwirken. Nochmal Teigruhe. Ausrollen und in die gefetteten Formen legen dabei den Teig auch am Rand ungefähr 3 cm hochdrücken. Dann zwei Schöpflöffel von der Zwiebelmasse auf den Teigboden verteilen. Abbacken bei 270 Grad Ofen Temperatur ca. 15 Minuten.

Zwiebelmasse:

10000g geschälte Zwiebelringe im Backofen mit 1000g Erdnussfett weichdünsten. Im letzten Drittel des Weichdünsten 1000g gewürfelten Speck darüber.

Alles in einen großen Kessel oder Schüssel geben

450g Weizenmehl Type 550

2500g Süße Sahne

3500g Eier darunter rühren. Mit Salz, Kümmel, Paprika, Pfeffer und Muskatnuss abschmecken.

Verkauft wurde der Zwiebelplootz meistens im Ganzen oder als halben Kuchen. Auf Wunsch haben wir ihn auch in einer Käseversion gebacken, ähnlich einer Käsewehe. Dabei wurde vor dem Backen auf die Zwiebelmasse ganz dünn geriebener Käse, meist Gouda, drauf gestreut. Dem Zwiebelkuchen sehr ähnlich ist die Quiche, eine französische Spezialität, die ursprünglich aus dem Raum Lothringen und dem Elsass stammt. Die Quiche Lorraine ist wohl die bekannteste Variante.

Kapitel 30 Lebkuchenhaus

Irgendwann fingen wir an, es muss so Ende der Siebziger Jahre gewesen sein, Lebkuchenhäuser zu backen und zusammenzubauen. Die Geschichte der Lebkuchenhäuschen entwickelte sich aus dem Märchen „Hänsel und Gretel", in dem die böse Hexe in einem Lebkuchenhaus wohnt. Ebenso wie das Märchen ist auch das Lebkuchenhaus eng mit der Weihnachtszeit verbunden. Man braucht dazu einen guten Lagerteig, wie er in der Fachsprache genannt wird.

Rezept Lagerteig:

4000g Kitzinger Kunsthonig von der Firma Arauner
2500g Zucker
1500g Wasser
Zucker im Wasser auflösen dann den Kunsthonig dazu geben und auf 60 Grad erwärmen. Dann:
6000g Weizenmehl Type 550
3000g Roggenmehl Type 997 oder 1150
  200g Zimt
  100g Lebkuchengewürz
   20g Salz
  200g Strohrum 80%
   75g Hirschhornsalz bzw. Ammonium

Gut durchkneten und in einen gut verschließbaren Behälter geben. Mindestens eine Woche ruhen lassen.

Am einfachsten geht es, wenn man sich Schablonen bastelt und die dann, auf ca. einen bis zwei Zentimeter dick ausgerollten Teig legt und mit einem scharfen Messer die benötigten Bauteile ausschneidet. Wir hatten uns, weil die Bestellungen an Hexenhäusern mit den Jahren stark zunahmen, große Ausstecher aus Metall schweißen lassen. Zum Bau eines Hexenhauses benötigt man die vier Seitenteile, eine Bodenplatte und zwei Dachhälften.

Für den Zuckerguss den man benötigt um das Haus zusammenzusetzen werden 15 Eiweiß und 3000g Puderzucker benötigt. Die gut verrührte Masse wird dann in einem Spritzbeutel gefüllt.

Beim Zusammenbauen sind der Fantasie keine Grenzen gesetzt. Es können Fensterläden angebaut werden. Ein Schornstein macht sich auch immer gut bei den Knusperhäuschen wie sie auch genannt werden. Gut machen sich auch Schokolinsen und Zimtsterne zum Verzieren. Wenn die Bodenplatte groß genug gewählt wurde können auch noch ein Zaun oder zum Beispiel Tannenbäumchen hingebaut werden. Dafür eignen sich sehr gut die Christbaumausstecher für

Plätzchen. Aufs Dach können auch Spekulatius oder andere dünne Plätzchen mit dem Eiweiß geklebt werden. Bei richtiger Auswahl sieht es dann aus wie Schindeln. Als Figuren Hänsel und Gretel, Katze und Hexe haben wir welche aus Plastik genommen.

Unser größtes Hexenhaus das wir einmal zusammen gebaut hatten war ungefähr einen halben

Kubikmeter groß. Für sowas braucht man dann fast schon einen Statiker, zumindest muss das Dach von Innen gut abgestützt sein das es sich nicht durchbiegt.

Aus dem Lagerteig kann man auch anderes Formgebäck ausstechen. Zum Beispiel Ende September die Wiesn-Herzen die dann mit folgenden Weisheiten ausgarniert wurden: I mog di, Oktoberfest, O´zapft is, Süßes Früchtchen, I hab di gern, Spatzel, Pfiat di, Herzi, Bärchen, Schnucki, Mein süßer Schatz, Lieblingsmann und viele weitere sinnfreie Sprüche.

Nach den Wiesn Herzen wurden dann aus dem Honigkuchenteig Nikolausmotive, Stiefel, Santa-Claus, Sterne oder Renntierköpfe ausgestochen, gebacken und mit Eiweißglasur ausgarniert.

Mittlerweile sind die Lebkuchenherzen zu Wegwerfprodukte mutiert, die bei verschiedenen Discountern, bunt ausgarniert schon unter zwei Euro verkauft werden. Schade eigentlich.

Kapitel 31 Raketenplätzchen

Ich freute mich jedes Jahr aufs Neue, wenn der Auftrag der Kosmonauten aus Berlin bei uns eintraf. 30 kg Raketenplätzchen mussten dann gebacken werden. Die Plätzchen hatten die Form einer Rakete Nomen est Omen und mussten von Hand aus dem ausgerollten Butterplätzchenteig ausgestochen werden. Die „normalen" Butterplätzchen wurden mit sogenannten Ausstech-Matrizen ausgestochen. Die praktischen Ausstechmatten eignen sich hervorragend, wenn man in einem Arbeitsschritt eine große Anzahl an Plätzchen herstellen möchte. Hierfür wird die Matte mit der Unterseite nach oben auf dem fertig vorbereiteten Backblech oder Backpapier gelegt und dann der Teig darüber gerollt. Dann mit einem Nudelholz kräftig darüber rubbeln, fertig. Die ausgestochenen Plätzchen landen mit nur einem Arbeitsschritt auf dem Blech und schon können sie im vorgeheizten Ofen geschoben werden. Die Matten hatten eine Größe von 57,5 x 39,0 cm. Ideal für die Verwendung auf Blechen und Backpapieren der Größe 60 x 40 cm. Es gab Rosetten in verschiedenen Formen und Größen, sehr gut geeignet für Terrassenkekse. Kreise, Sterne, Kleeblätter, Herzen, Halbmonde, Tannenbaum, Blumen, Sternschnuppe, Hasen, Küken, Hundeknochen und Dreiblatt aber keine Raketen. Da war dann Handmade und Überstunden angesagt. Vor allem weil auch jedes einzelne Plätzchen mit Eistreiche angepinselt wurde. Wir schafften es jedes Jahr und ich freute mich zu Weihnachten auf die Original Raketendose aus Blech mit dem Kosmonauten Logo und den Raketenplätzchen die die „Kosmonauten" an ihre Geschäftspartner und Freunde verschickt haben.

Unten das Rezept.

7500g Weizenmehl 550
2700g Zucker
3750g kalte Butter
30 Eier
80 g Salz
100g Backpulver
100g Citroperl

Kapitel 32 Kurt

Kurt Rauscher war ein viel zu früh verstorbener Vertreter oder Reisender der Firma Martin Braun. Durch ihn bin ich in den siebziger Jahren zum Radsport gekommen. Er selber war ein exzellenter Radfahrer der seine Lizenz beim RV 89 Schweinfurt gelöst hatte. Er fuhr Straßenrennen und war auch auf der Bahn Zuhause. Er glänzte bei Steherrennen auf den inzwischen Abgerissenen bzw. aufgelassenen Zementbahnen in Bamberg und Reichelsdorf. Kennengelert haben wir uns natürlich in der Backstube. Schon als junger Lehrling ist er mir durch seine Sprüche und Witze aufgefallen. Er hatte die Gabe Bäcker- und Konditormeister Sachen aufzuschwatzen die sie überhaupt nicht benötigten. Er verkaufte u.a. Hefeteigessenz, Tonkabohne, Butter-Sahne Aroma und einiges mehr. Dazu muss ich aber feststellen das die Essenzen Zitrone, Rum und Vanille die Besten und im Geschmack intensivsten waren die damals angeboten wurden. Er erzählte von seinen Skilanglauftouren in der Rhön, von seinem eigenen Skilift. Wenn er von mir einen Auftrag bekommen wollte, wusste er schon was zu tun war. Ich lud ihn zum Mittagessen ein. Dabei möchte ich nicht unerwähnt lassen das Lundi, meine Frau, eine sehr gute Köchin ist und Kurt seinen Besuch bei uns immer so timte das er am leckeren

Mittagessen teilnehmen konnte. Da erzählte er sehr oft von seinem Wohnmobil das er in Bad Staffelstein auf dem Campingplatz in den Sommermonaten stationiert hatte. Er besuchte dort regelmäßig das Thermalbad um Linderung für seinen, nach einem komplizierten Oberschenkelhalsbruch, der ihm immer wieder große Schmerzen bereitete, zu bekommen. Jedenfalls zentrierte er nach dem Mittagsmahl meine Laufräder, die damals noch nicht so stabil waren wie die heutigen Systemlaufräder. Kurt hatte es im Griff.

Bei einem Besuch bei ihm in Geldersheim entdeckte ich ein Renntandem in seiner Fahrradgarage, dass ich mir dann auch auslieh um mit meinen Freund Christian Meuschel zusammen die erste Austragung des Hobby Rennes „Rund um den Schwanberg" mitzufahren.

Kapitel 33 Granatsplitter

Nein bei uns waren sie nicht der Leberkäse der Bäckerei. Wir haben für unsere Granatsplitter extra Wiener Böden gebacken, diese dann in Würfel geschnitten mit Rum getränkt und mit guter Schoko-Buttercreme gemischt. Im Sommer wurden auch schon einmal trocken gewordene Obstböden gewürfelt und dann verwendet. Die übrig gebliebenen Plätzchen von Weihnachten machten sich, grob zerkleinert, auch gut in Granatsplittern.

Die Masse wurde dann zu einem konischen Türmchen geformt und auf vorgebackene Mürbteig Plätzchen, die einen Durchmesser von 6cm hatten, gesetzt. Gut gekühlt wurden sie dann in dunkler Fettglasur getunkt und fertig war die Kalorienbombe. Ungefähr 750 kcal hat so ein Granatsplitter. Um die zu verbrennen muss ein Mann zum Beispiel 90 Minuten gemütlich joggen, eine Frau sogar 110 Minuten. Es gehen auch 120 Minuten Krafttraining bzw. Radfahren mit stärkerer Intensität.

Kapitel 34 Käsestangen

Zuerst wird der Blätterteig gemacht

2500g Weizenmehl Type 405
   50g Salz
   50g Backmalz
   250g Butter oder Öl je nach Geschmack
1100g Wasser

Zum eintourieren des Teiges 2500g Ziehmargarine

Nachdem der Teig fertig geknetet ist wird er eintouriert. Üblich sind beim Tourieren von Blätterteig zwei einfache und zwei doppelte Touren. Insgesamt wird dadurch eine Blätterung von 144 Schichten erreicht. Durch Ausrollen, Falten und wieder ausrollen, werden zwischen die Teigschichten jeweils dünne Fettschichten aus der Ziehmargarine eingearbeitet. Das Fett verhindert dann beim Backen, dass der entstehende Wasserdampf aus dem Teig entweichen kann und so die charakteristische Lockerung des Blätterteigs entsteht. Für die einfache Tour schlägt man ein Drittel des Teigs ein und faltet den Teig von der anderen Seite darüber. Für die doppelte Tour wird der Teig von beiden Seiten zur Mitte eingeschlagen und dann in der Mitte übereinander gefaltet. Wir haben es immer so gemacht, dass wir an einem Tag eine einfache und eine doppelte Tour gegeben haben. Dann im Kühlhaus lagern bis zum nächsten Tag. Dann nochmal eine einfache und eine doppelte Tour.

Den fertig tourierten Blätterteig haben wir dann für Käsestangen, Pasteten oder Apfeltaschen hergenommen.

Für Käsestangen wurde der Teig auf eine Größe von ca. 200 cm auf 40cm 4mm dünn mit der Ausrollmaschineausrollen. Mit verklöppelten Ei, das mit Rahm verdünnt wurde, einstreichen. Dann dick geriebenen Gouda auf die Hälfte des Teiges einstreuen. Es geht auch Emmentaler, Cheddar, Pecorino, Grana Padano oder Parmigiano Reggiano oder eine Mischung aus verschiedenen Käsesorten. Vermeiden sollte man den preiswerteren künstlichen Analogkäse. Wir haben den nie verwendet. Nach dem Käse kam bei uns in der Bäckerei Paprikapulver, Kümmel und grobes Meersalz drauf. Dann den oberen Teil auf den unteren Teil klappen, aufrollen zu einer großen Schnecke und nochmal auf der Ausrollmaschine darüber rollen. Dann wieder auf dem Backtisch ausbreiten und Teigstreifen von 3 – 4 cm Breite schneiden. Diese dann zu einer Spirale aufdrehen und auf ein sauberes Backblech setzen und etwa bei ca. 180 Grad 20 – 30 Minuten knusprig ausbacken. Die Wahl der richtigen Ofentemperatur ist entscheidend. Ich empfehle das sie Ihren Backofen auf eine Temperatur zwischen 180 und 200 Grad Celsius vorheizen. Denn ein zu kalter Ofen kann dazu führen, dass der Blätterteig nicht die gewünschte Textur und Höhe erreicht. Als sehr leckere Variante kann man aus den einfachen Käsestangen sogenannte Knusperstangen herstellen. Dazu streut man auf den Käse gewürfelte Speckwürfel. Und bestreut den zusammen geklappten Teig, vor dem schneiden, auf der einen Seite mit Blaumohn und die andere Seite mit Sesam. Es gibt noch weitere Möglichkeiten die einfachen Käsestangen zu veredeln. Dazu vertauscht man die Eistreiche mit einer schmackhaften Tomatensoße die man mit diversen Kräutern wie etwa Oregano, Thymian, Basilikum und Rosmarin veredelt hat. Es gibt viele Möglichkeiten da sind der Phantasie keine Grenzen gesetzt.

Kapitel 35 Rustikus, Pfiffikus, Jägerbrot, Walnußbrot, Käsehappen, Floriani, Sonnenblumenbrot, Zwiebelbrot, Schinkenbrot, Dreikornbrot, Waliser Schrotbrot, Kürbiskernlaibchen…

Als ich 1976 meine Meisterprüfung im Bäckerhandwerk in München ablegte gab es in der Regel in den hiesigen Bäckereien nur etwa 5 – 6 Brotsorten. Mischbrot, Schwarzbrot, Roggenbrot, Bauernbrot, irgendwas mit Kümmel und Weißbrot, am Wochenende noch Stangenweißbrot, den Begriff Baguette kannte man damals nicht, das wars dann. Auf der Meisterschule in Lochham lernte ich dann vieles Neues speziell im Brotsektor kennen. Ich fing an das erlernte dann umzusetzen. Da war dann zuerst der Rustikus, ein mit Sauerteig gelockertes Mischbrot. Ein rundes Laibchen mit 500g, dem ich im Mörser grob gestoßene Brotgewürze wie Fenchelsamen, Korianderkörner, Anis und Kümmel zusetzte. Von den beschriebenen Gewürzen stellte ich eine Mischung her und bestrich die kleinen Laibli mit Wasser und tunkte sie in diese Mischung. Der Pfiffikus war so ähnlich nur anstatt den Gewürzen verknetete ich getrocknete Kräuter mit dem Teig und formte kleine Stölli. Das Jägerbrot war ebenfalls ein Laibchen. Es wurde aus demselben Teig gebacken wie der Rusti-kus. Unter dem Teig wurden 10% Haselnüsse gekne-tet und als Dekor wurden auf die fertig gewirkten Laibchen Blaumohn gestreut. Heutzutage gibt es ja auch Weiß Mohn, er ist bekömmlicher wie der Blau Mohn, diese Neuzüchtung gab es aber damals noch nicht. Walnuss Brot war klar, anstatt Haselnüssen setzten wir 10% Walnüsse dem Teig zu. Nach dem rundwirken wurden sie mit dem Schluss in Roggen-mehl gedrückt. Die Käsehappen waren etwas ganz Besonderes. Der Mischbrotteig wurde 300g ausge-wogen, rund gewirkt und in eine Mischung aus gerie-benem Gouda, Sesam und Paprika getunkt. Vor dem backen wurden sie mit einen 10cm runden Ausste-cher gedrückt. Nach dem Backen sahen sie dann aus wie ein Turban. Floriani war nicht meine Erfindung. Eine österreichische Backmittelfirma hatte die Idee dazu. Im Prinzip war es wieder ein simpler Misch-brotteig dem gequollene Roggenkörner zugesetzt wurden. Gebacken wurden die Brote in einem hölzer-nen Brotkasten, in dem sie eng aneinandergesetzt wurden sodass an den mittleren Seitenteilen keine Kruste entstand. Das war das charakteristische des Floriani Brotes. Sonnenblumenbrot, Zwiebelbrot und Schinkenbrot waren Spezialitäten die meist nur am Wochenende gebacken wurden. Beim Sonnenblu-menbrot wurden dem Mischbrotteig 10%

Sonnenblumenkerne beigemengt und nach dem rundwirken wurde als Dekor Sonnenblumen auf die Laibchen gestreut. Zwiebelbrot ebenfalls 10% Röstzwiebeln die wir schon fertig geröstet bezogen, in den Teig dazu Paprikapulver. Zwei Kugeln a 300g wurden aneinandergesetzt. Schinkenbrot wurde genauso vorbereitet

nur anstatt Zwiebel eben Schinkenwürfel. Irgendwann habe ich dann ein Brot des Monats gebacken, das waren dann meist so Exoten wie das Texasbrot mit schwarzem Pfeffer und Erdnüssen oder Winzerringe bei dem Wasser mit Silvaner ersetzt wurde. Auch das Kürbiskernbrot habe ich damals aus dem Mischbrotteig gebacken. Zum Teig kamen aber 15 % Kürbiskerne. Die Kerne bezogen wir über einen Großhändler in 25kg Säcken und bekam die Kürbiskerne aus China, das damals noch ein Agrarland war. Kleine Geschichte am Rande. Beim Öffnen eines der Säcke bin ich ziemlich erschrocken. Eine tote Schlange schaute mich an. Sie war schon etwas eingetrocknet und ungefähr 50cm lang. Für das Dreikornbrot wie auch für das Waliser Schrotbrot machte ich extra Teige. Die Körner und Saaten dafür quellte ich einen Tag vor dem verarbeiten. Für das Dreikornbrot verwendete ich Weizen, Roggen und Hafer als Bonus kam noch Leinsamen zum Teig. Als Dekor Sesamsamen. Einige Jahre später habe ich auch ein Fünfkornbrot gebacken, da kamen dann noch Hirse und Gerste zum Einsatz. Das Waliser Schrotbrot punktete mit seinem milden Geschmack und dem fein geschroteten Roggenkorn. Die dunkle Krume erreichte ich mit geröstetem Roggenmehl. Für das gesamte Brotsortiment kam Meersalz zum Einsatz.

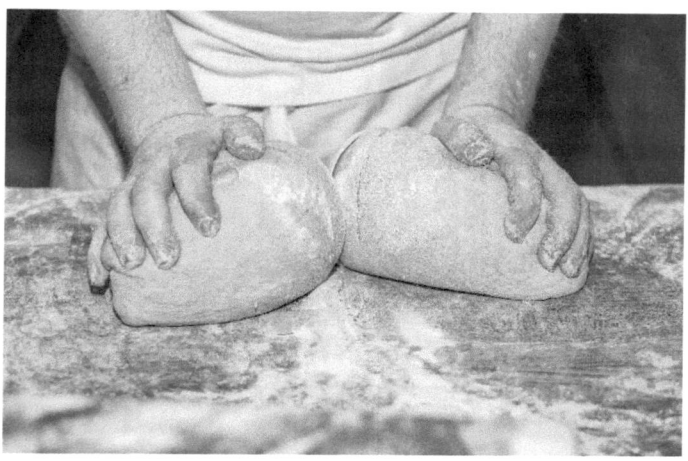

Weitere Brotspezialitäten waren Sojabrot, Kümmellaibchen, St.Julian Biolaib, Afrikanisches Hirsebrot, Waldbrot u.e.m. Soja war eine in den 80iger Jahren noch nicht so beliebt und bekannt wie er derzeit ist. Daraus dann Brot zu backen war sehr gewagt und kam dann im Endeffekt auch nicht besonders gut an. Probieren geht über studieren und als der 50kg Sack verbacken war dann wars auch wieder gut. Kümmellaibchen war jetzt keine Erfindung von mir. Kümmel wurde schon seit Jahrhunderten in den Bäckereien verarbeitet. Kümmel gehört zur Familie der Doldenblütler und zählt zu den ältesten Gewürzen der Welt. Sein spezieller Geschmack verleiht Brot und Brötchen eine besondere Note. Auch aus ernährungsphysiologischer Sicht bietet das Gewürz jede Menge essenzielle Nährstoffe, die unser Körper für die tägliche Funktionserhaltung benötigt. Wissenschaftler konnten bestätigen, dass die regelmäßige Aufnahme von Kümmel bei übergewichtigen Menschen zu einer Reduktion des Gewichts führte. Zudem ist Kümmel reich an Mineralstoffen wie Kalium, Calcium und Eisen und wirkt verdauungsfördernd. Stiften, wie früher die Lehrlinge bzw. Auszubildende, hießen schickten wir in den ersten Tagen ihrer Ausbildungszeit zu einem Kollegenbetrieb um den Kümmelspalter zu holen. Sie kamen dann meist mit einem Jutesack voller Backsteine zurück. Der St.Julian Biolaib erlitt dasselbe Schicksal wie das Sojabrot. Ich war da der Zeit voraus. Bio interessierte in den 80iger relativ wenig Kunden. Vor allem

aber auch weil es von der Mühle nicht richtig gereinigt wurde und im Schrot einen nicht kleinen Anteil an Sand enthielt. Es war ein richtiger Flob.

Anders verhielt es sich mit dem Hirsebrot. Es war wie das Waldbrot so eine Art Charitybrot bei dem vom Verkaufserlös ein gewisser Prozentsatz an Organisationen wie „Brot für die Welt" beim Hirsebrot und Bund Naturschutz beim Waldbrot überwiesen wurden.

Natürlich wurde auch weiterhin das Standard Brotsortiment, wie man auf dem Bild oben sieht, gebacken. Ich richte da gerade Mischbrot auf dem Abziehband für das Einschießen her. Zwölf mal zehn Brotstollen a 1250 g, also 120 Brotstollen das war schon Knochenarbeit. Heut zu Tage wird mit durchdachten Beschickungssystemen gearbeitet was eine große körperliche Entlastung für die Ofenbäcker darstellt.

Kapitel 36 Alles vom Apfel

Mit Äpfeln haben wir viele Kuchen und Gebäcke gebacken. Der saftige gedeckte Apfelkuchen überzeugte mit einem wunderbaren Mürbeteig-Boden und hatte seine besonderen Liebhaber. Ich erinnere mich an einen älteren Mann der immer mit einem roten Trainingsanzug durch die Stadt joggte. Er holte jede Woche einen ganzen Kuchen für seine Ehefrau. Auch der Zeitungshorst, auch ein Kitzinger Original aus den Nachkriegsjahren war kein Kostverächter, wenn es um den gedeckten Apfelkuchen ging. Der Kuchen wurde in einem 30cm Durchmesser Tortenbodenring gebacken.

Mit dem Mürbteig unten und an der Seite auslegen. Dann die mit Zucker, Rum und Sultaninen abgeschmeckten Dunstäpfel hinein und mit Mürbteig abdecken. Mit Eistreiche anpinseln, damit der Kuchen schön glänzt und mit einer normalen Küchengabel ein Muster darüber ziehen. Dann gab es noch den Apfelstrudel, eine weit verbreitete Strudelart. Zur Zubereitung wird ein extra Strudelteig verwendet der manuell zu einem Teigblatt ausgezogen wurde, „ausgezogener Apfelstrudel" genannt. Diese Variante ist in Österreich und anderen Gebieten der ehemaligen k.u.k. Donaumonarchie eine traditionelle Mehlspeise und ein Nationalgericht und kam auch bei uns bei der Kundschaft gut an. Für die Fülle des Apfelstrudels nahmen wir von Kerngehäuse und Schale befreite in Würfel geschnittene süß-saure Äpfel, Sultaninnen und in Butter geröstete Semmelbrösel, abgeschmeckt mit gemahlenem Zimt und Kristallzucker. Gut machte sich auch der Apfelblootz. Saftiger kann ein Blechkuchen nicht sein. Auf fluffigen Butterhefeteig gesellten sich auf saftige Apfelspalten und süße Butterstreusel. Warm aus dem Ofen ein Gedicht. Anstatt der Äpfel wurde in der Zwetschgenzeit der Hefeteig mit der Hauszwetschge belegt. Die Zwetschge soll ja das Lieblingsobst der Franken sein. Darum besitzt der Zwetschgenblootz in Mainfranken einen gewissen Kultstatus. Natürlich kann man auch Variieren und zum Beispiel den äußeren Rand mit Apfelspalten belegen und den Rest mit Zwetschen man kann ihn mit und ohne Streusel backen. Ein Kitzinger Hotelier mochte den Zwetschgenblootz am liebsten, wenn zwei Stücke, mit den Zwetschgenbelag nach innen, aufeinandergelegt wurden. Er wies jeden Abend auf dem Anrufbeantworter, wenn er seine Brötchenbestellung aufgab, darauf hin. Dann gab es noch die klassische Apfeltasche aus Blätterteig die mit derselben Apfelfüllung wie die beim gedeckten Apfelkuchen gefüllt wurden. Ein paar Monate experimentiert ich auch mit Apfelfasern im Brot. Was sich aber nicht bewährte.

Kapitel 37 Schneeballen

Schneeballen ist eine fränkische Spezialität aus einer Art Mürbteig, die speziell durch die Schneeballbäckereien in Rothenburg ob der Tauber weltweit bekannt wurden. Seinen Namen verdankt es seiner kugeligen Form und der traditionellen Dekoration mit Puderzucker. Der Schneeballen hat einen Durchmesser von zirka acht bis zehn Zentimetern. In Wikipedia kann man nachlesen das sie seit mindestens 300 Jahren vor allem in Österreich sowie in Hohenlohe und im Fränkischen gebacken werden. Bei uns in der Bäckerei hatten sie auch eine lange Tradition. Wurden Sie einst vor allem zu besonderen Anlässen wie beispielsweise Hochzeiten serviert, was in ländlichen Gegenden unserer Heimat noch immer der Fall ist. In Rothenburg ob der Tauber und Dinkelsbühl kann man die Schneeballen in fast allen Bäckereien, Konditoreien und Cafés kaufen. Es gibt sogar Unternehmen, die sich auf die Herstellung von Schneeballen spezialisiert haben und diese in immer neuen Variationen anbieten. Neben den klassischen, mit Puderzucker bestäubten Schneeballen finden sich dort auch mit Schokolade und Nüssen überzogene sowie mit Marzipan, Vanille, Nougat u. a. gefüllte Kreationen. Für Touristen sind die Schneeballen ein beliebtes Mitbringsel. Zu den Zutaten der Schneeballen zählen meist Mehl, Eier, Zucker, Butter, Sahne sowie etwas Hochprozentiges, wir haben meistens Kirschwasser verwendet. Um die charakteristische Form zu erhalten, werden die Teigstücke mit der Rollfix ausgerollt und mithilfe eines gezackten Teigrädchens gleichmäßige Streifen in den ausgerollten Teig geschnitten. Im Anschluss daran wird der Teig so gefädelt, dass abwechselnd ein Streifen unter dem Finger ist und einer darüber ist. Dann wird der Teigknoten in siedendes Erdnussfett, wir nahmen immer Biskin, getaucht in dem wir aufgeschnittene, leere ein Liter Konservendosen gestellt hatten, durch die sie dann ihre runde Form erhielten. In Rothenburg werden spezielle Schneeballeneisen zum Backen verwendet. Ich finde aber das die Schneeballen sehr fest werden unsere waren viel lockerer als die in Rothenburg. Nach dem Backen haben wir die Gebäckstücke in Zimtzucker gewälzt und nach dem Auskühlen dünn mit Staubzucker abgesiebt. Meine persönliche Meinung zu Schneeballen ist das sie in der klassischen Rezeptur am besten schmecken.

Hier unser Rezept:

7500g Weizenmehl Type 550 oder 405
50 Eier
600g Zucker
700g Butter

50g Salz
1Liter Sahne
250g Kirschwasser - Bruch 1650g

Rezept ergibt 8 Bruch a 30 Stück a 55g

Die Temperatur der Fritteuse sollte 175 Grad nicht überschreiten.

Kapitel 38 Zwetschgenblootz

Zwetschgenblootz ist der beste Blootz der Blötzer hat mir irgendein Schlaumeier einmal ins Ohr geflüstert. Ohne Zweifel ist der fränkische Klassiker, wenn er mit einem saftigen Butterhefeteig gebacken wird, eine wirkliche Delikatesse. Schon als Kinder mussten wir Zwetschgen entkernen. Wir hatten dafür einen Handentkerner, der die Zwetschgen so entsteinte das sie an einer Stelle verbunden blieben, somit konnte die Frucht schön auf den Hefeteig gelegt werden. Der Entkerner wurde am Tisch angeschraubt und dann gings los, jede einzelne Frucht musste längs in die Zangenspitze gelegt werden. Wenn die Zange nun heruntergedrückt wurde, bohrte sich der Sechskantstern durch die Pflaume und drückte dabei den Stein heraus. In Bäckereien und Konditoreien ist dieser Handentsteiner für Zwetschgen nicht mehr wegzudenken. Er ist seit Jahren, ein vielen Backstuben, erprobtes Gerät. Mittlerweile kostet dieses Gerät aus Spezial beschichteten Aluminium um die 400.- Euro. In den großen Backfabriken werden aber mittlerweile richtige Multi Entstein Maschinen eingesetzt die Pflaumen, Kirschen oder Zwetschgen automatisch entsteinen. Oder es werden gefrorene kroatische Pflaumen für die Kuchen verwendet. Wir bekamen unsere Zwetschen immer von Eugen aus Fahr der mit seinen klapprigen VW-Bus viele

Bäckereien in Mainfranken belieferte. Wenn er gut gelaunt war legte er auch mal ein kleines Fläschchen Zwetschgenwasser auf die Steigli. Man konnte mit ihm handeln und überhaupt war er ein angenehmer, lustiger Zeitgenosse. Früher bei meinem Vater wurde der Zwetschgenkuchen auf einem viereckigen Blech 78x54 cm gebacken und es wurden 48 Stücke herausgeschnitten. Später stellten wir um auf runde Blötzer und auf runde Kuchen mit einem Durchmesser von 28cm um. Es gab den Zwetschgenblootz mit und ohne Butterstreusel und dank der schlauen Anbauweise von Eugen von Ende Juli bis Mitte Oktober. Meistens war mit der Etwashäuser Kerm Schluss mit dem Zwetschenkuchen.

Kapitel 39 Häckerlaibli

Am Kitzinger Rathaus steht eine Statue aus Buntsandstein, die einen Mann darstellt der aus einer Weinkanne trinkt. In der anderen Hand hält er eine Hacke. Sie stellt den Kitzinger Häcker dar. Einst eine Kultfigur des fränkischen Weinbaus, und oft von Richard Rother als Vorbild für seine Kunstwerke genutzt. Im leider geschlossenen Stadtmuseum der Stadt Kitzingen stand der Häcker als Zier, auf einer wunderschönen Abendmahlskanne die einst als Ratskanne diente. Aber er ist auch Namensgeber der sogenannten Häckerchronik, die nur alle paar Jahre, von der Häckerbühne, aufgeführt wird. Ich habe ein kleines Sauerteig-Laibchen gebacken das ich Häckerlaib getauft hatte. Es war ein Roggenmischbrotteig mit 70% Roggenanteil Type 1370 und 30% Weizen Type 1050. Die Größe von 500g bzw. einem Pfund war für kleine Haushalte ideal. Der frisch gebackene Häckerlaib war ein Brot zum Anbeißen, wenn ich es nach 60 Minuten, mit dem Backschießer, aus dem Ofen holte. Ab und zu biss ich dann auch einmal rein. ☺ Die feinen Röststoffe zu riechen, die kross gebackene Kruste aufzubrechen, und darunter die herzhafte, lockere Krume zu schmecken, das war schon ein Genuss mit Butter aus dem Kühlhaus. Mit unserem eigenen Drei-Stufen-Natursauerteig habe ich da immer ein gutes Ergebnis erzielt, was die Qualität auch in der Verleihung von vielen Goldmedaillen widerspiegelte. Es kamen nur Roggenmehl, das wir damals von der Ochsenfurter Mühle Stöhr oder der Cramermühle aus Schweinfurt bezogen, Weizenmehl vom Gollers Karl aus dem Sickergrund, Wasser, Salz und Natursauerteig zum Einsatz und das schmeckte man halt auch. Natur pur sozusagen. Auf Steinplatten gebacken.

Kapitel 40 Baguette

Ich kann mich noch gut an die Zeit erinnern da Baguette noch Stangenweißbrot hieß. Unser Stangenweißbrot, nach dem Weißbrotrezept meines Vaters Paul gebacken, war natürlich auch ein sehr gutes Brot.

Bild Oben: Nach Französischem Rezept gebacken.

Anders als das Baguette, nicht so grobporig und auch nicht so rösch. Aber wir haben damals, besonders vor den Feiertagen hunderte Stangen gebacken. Sie wurden nach dem Auskühlen immer zu Pyramiden in den Schaufenstern aufgebaut.

Ich weiß nicht wann sich das geändert hat. Bei uns in der Bäckerei war es so dass ich ein Rezept aus Frankreich mitbrachte. Ich fuhr 1984 mit Gerolzhöfer Radsportfreunden in deren Partnerstadt Mamers im Département Sarthe in der Region Pays de la Loire. Ich hatte Erfahrungen mit dem Planen von Radetappenfahrten, war ich in Jahren davor schon nach Danzig, Budapest und in die Partnerstadt von Würzburg Dundee in Schottland geradelt, ebenso nach Montevarchi der Partnerstadt von Kitzingen. Meine einzige Bedingung die ich stellte war die, dass ich bei einem Bäcker übernachten kann. Das hat dann alles geklappt und nach 6 Tagen voller Anstrengung waren wir in Mamers angekommen. Bei ihm half ich dann eine Nacht beim Baguettebacken mit. Alle Klischees wurden erfüllt, tolles Brot, Gauloises Blondes Blue im Mundwinkel und eine angerissene Chateau Capelle Flasche neben dem Backofen. Jacques war ein lustiger Typ. Zum Frühstück schob er mir drei frische Croissants auf dem Backtisch und stellte einen Liter Milchkaffee in der großen Tasse dazu. „Ça va?" Die

Franzosen essen nur frisches Baguette darum wurde am Tag mehrmals gebacken. Seine Frau hängte immer ein Schild an die Ladentüre wann das nächste frische Baguette aus dem Ofen kommt. Neben dem Baguette wurde bei ihm noch Pain de Campagne, aus dem milden Champagnerroggen gebacken, aber bei weitem nicht so viele wie Baguette. Brötchen so wie wir sie in Deutschland kennen gab es bei ihm nicht. La ficelle wurde noch angeboten, ein Stangenbrot mit nur 120g Gewicht besonders knusprig und sehr schmal. Dann gabs noch Croissants und Brioche im Kasten gebacken. Das wars. Es war halt eine typische kleine Boulangerie die Jacques betrieb, ein Geselle in der Backstube und noch eine Frau die im Verkauf half. In dieser Form dürfte es auch in Frankreich nur noch sehr wenige Betriebe geben. Die Kaufhausketten haben auch dort das Brotbacken übernommen.

Das bzw. die Baguette (im Französischen nur weiblich: „la baguette"; [baˈɡɛt]), ist ein langgestrecktes, knuspriges Weißbrot französischen Ursprungs. Die Porung der Krume ist immer sehr grob und ungleichmäßig, der Anteil an Kruste im Verhältnis zur Krume ist hoch und für den kräftig-aromatischen Geschmack verantwortlich. Das Brot lässt sich leicht brechen und eignet sich dadurch als Beilage zu anderen Speisen. So die genaue Definition.

Kapitel 41 Muskazinen

Laut Wikipedia ist ein Gebäck das im heutigen Sprachgebrauch Muskazine bezeichnet wird ein Plätzchen bzw. Gebäck oder Konfekt, das seit 1691 belegt ist und den Ursprung im süddeutschen Raum hat. Es wird auch als Pilgergebäck oder Wallfahrtsgebäck bezeichnet. In Oberösterreich spätestens um 1790 als Muskazinerl, ausgehend von Wels, gebacken. Im Nürnbergischen Kochbuch wird ein Model beschrieben „Der Model zu diesen Muscatzinen ist gemeiniglich wie zwey mit dem breiten Theil aneinander stossende Jacobs-Muscheln, so sich in der mitten mit einem Bund vereingten, geschnitten." und ist eine Anlehnung an die Jakobsmuschel. Die Bezeichnung Muskazine taucht erstmals in der D. Johann Georg Krünitz's ökonomisch, technischen Enzyklopädie von 1805, durch die Wiedergabe von zwei Rezepten, auf. 1837 wurden zwei Rezepte für Muskaziny- und mit Schalen auf den Seiten 169 und 170 im Altadeliges Bayerisches Koch- und Konfektbuch beschrieben und der Hinweis gegeben, dass diese auch unter der Bezeichnung Muschcatciner im Laden erhältlich sind. Die Zutaten wie zum Beispiel Honig, Mandeln, Nüsse, Zucker werden durch Hinzufügen von Muskat und ggf. Muskatblüten, die dem Produkt ihren Namen geben, zu einer halbfesten Masse verarbeitet. Nach Hinzufügen von Mehl und Eiern werden alle Zutaten zu einem Teig verarbeitet und in das Model gedrückt. Die Patent- Rechte für den Namen mit t liegen heute bei der Familie Dauenhauer vom Dettelbacher Café Kehl und sie werden dort als Dettelbacher Spezialität angepriesen und verkauft. Ich habe von 1967 – 1970 in der damaligen Bäckerei Boll am Rathausplatz in Dettelbach das Bäckerhandwerk erlernt. Wir haben da auch Muskazinen ohne t gebacken. Unten ist das Rezept dazu.

500g Puderzucker werden mit 5 Eier schaumig geschlagen, unter diese Masse werden dann 500g Weizenmehl 550, 125 g Mandelgries, 5g Zimt, 2g Nelken, 7g Muskat, 3g Macis Blüte, 2g Kardamom und 6g Backpulver unter mehliert. Dann in die typischen Holzmodel drücken, trocknen lassen ähnlich wie die Springerli oder Anisplätzchen und dann saftig backen.

Kapitel 42 Ossi

Ich weiß nicht wie viele Lehrlinge ich ausgebildet habe. Es waren etliche und es war nicht immer leicht. Zwei Kammersieger waren aber auch dabei. Es war nicht immer einfach einen Auszubildenen oder Auszubildende zu finden. Die Situation in der jetzigen Zeit ist ehr noch bescheidener geworden. Oskar war einer meiner ersten Lehrlinge. Er war sehr einfach gestrickt aber richtig Bauernschlau. Zu allem Übel hatte er noch einen Sprachfehler. Er konnte das Sch nicht aussprechen und sprach zudem einen verschärften Dialekt. Als ich ihn an einem Samstag, unter Woche schlief er bei uns im Haus, routinemäßig nach Hause fuhr, war sein erster Gang immer in den Hasenstall. Ich stieg gerade wieder in den Taunus 20 M ein, als ich einen Schrei hörte. „Der Sack it hi!!" Ich ging zum völlig aufgebrachten Ossi hin und fragte wer hi sei? Nach einigen hin und her kam ich drauf was er meinte. Der gescheckte Hase war tot. Er weinte wie ein Schloss Hund und es dauerte einige Zeit bis meine tröstenden Worte Wirkung zeigten. Bis zu seiner Heirat blieb er auch Geselle bei uns in der Firma. Sein Job war Plunder- und Blätterteigteilchen zu glasieren, Kuchen zu schneiden und zu kommissionieren und in die Filialen zu fahren. Samstagmorgens wurde er oft aufgehalten von den Gästen des Alten Kellers, einer

Kneipe in der Nachbarschaft, die in den frühen Morgenstunden Hunger verspürten und sich bei uns etwas zu Essen holten. Da die Leute nicht immer nüchtern waren gab es da auch schon mal die eine oder andere Auseinandersetzung. Ich erinnere mich gut an zwei gravierende Vorfälle, über die ich jetzt im Nachhinein schmunzeln kann. Zum einen beförderte Ossi zwei besoffene, stadtbekannte Männer aus der Siedlung sanft vor die Türe. Kurze Zeit später schlug einer der beiden mit der blanken Faust durch das Glas der Seitentüre. Polizei und Sanitäter waren dann im Einsatz und um 2 Uhr auch die Glaserei. Ein anderes Mal kamen zwei ziemlich angeheiterte Frauen durch die Seitentüre. Was keiner ahnen konnte, sie entpuppten sich als Hyänen. Sie bedienten sich selber und nahmen aus einem kommissionierten Korb Gebäck heraus. Ossi nahm ihn den Beiden sofort wieder ab. Worauf die beiden handgreiflich wurden und dabei Oskars T-Shirt zerrissen. Er setzte zur Flucht in die Backstube an. Die beiden kreischenden Frauen verfolgten ihn. Nur mit vereinten Kräften gelang es uns dann die Beiden wieder an die Luft zu setzen. Oskar atmete tief durch und ich holte ihm ein frisches T-Shirt und weitergings.

Kapitel 43 Lohnbacken

Lohnbacken war früher vor allem bei den Landbäckereien Gang und Gebe. Hochbetrieb herrschte in der Erntezeit als es frische Zwetschgen und Äpfel gab und die Menschen davon die Blötzer und Kuchen erteugten. Man brachte sie zu den Bäckereinen wo sie gegen einen Backlohn gebacken wurden. Ich erinnere mich noch gut an die vielen Blötzer der Gastwirtschaft zum Stern in Sulzfeld die zur Kerm immer so um die 25 runde Blötzer zum Backen brachten. Es war eine schöne Tradition die leider, zumindest in Kitzingen ausgestorben ist.

In den 70iger Jahre wurden zur Weihnachtszeit viele Christstollenteige zum Formen und Backen gebracht. Da war dann alles dabei von Teigen die sich anfühlten wie Zement oder ganz weichen Teigen die beim Backen ihre Form verlieren würden. Mein Vater zeigte mir wie er jeden einzelnen Teig analysierte und dann gegebenenfalls nochmal so nachbearbeitete das am Ende ein ansprechendes Ergebnis dabei herauskam. Manche Leute machten ihren Teig am Abend und stellten ihn dann hinaus ins Freie, über Nacht gefriere es dann und der Teig war tot und eiskalt. Da musste dann mit Hefezugabe nachgearbeitet werden. Den besten Teig brachte immer der „Herr

Notar" wie ihn mein Vater immer begrüßte. Es war ein Stollenteig wie er sein musste. Gute Konsistenz, viel gute Butter, gestiftelte Mandeln und in Rum getränkte Sultaninnen. Einmal bekamen wir einen hellblau eingefärbten Teig, die Frau stammelte irgendwas von einem Tintenfass. Auch den haben wir gebacken. Viele Kunden brachten aber auch in Weidenwäschekörben ihre Zutaten und wir machten dann davon den Teig. Das war natürlich nicht immer einfach, weil irgendeine Zutat immer fehlte. Mein Vater ärgerte sich über Leute die nur zur Weihnachtszeit unsere Bäckerei betraten und dann auch nur um ihre Zutaten zu bringen. Aber er stellte ihre Stollen mit der gleichen Sorgfalt her wie die der Stammkunden. Neben den Christstollen backten wir auch viele „Ulmer" ein Gewürzplätzchen mit viel Kakao. Der Teig wurde von uns ausgerollt, gebacken, mit Fondant glasiert, mit Blutzucker bestreut und in Rauten geschnitten. Ich war immer froh, wenn die Weihnachtszeit vorbei war. Denn neben dem Lohnbacken hatten wir natürlich auch unsere Weihnachtsbäckerei mit Lebkuchen, Plätzchen, Früchtebrot und Butterstollen.

Kapitel 44 Gesellenprüfung als Bäcker

Heutzutage wird die Gesellenprüfung in der Regel in den Praxisräumen der Berufsschule in Kitzingen abgehalten. Die Lehrlinge sollten das Backen und Herstellen von Sauerteigbrot, Kleingebäck, Flechtgebäck, Torte und Quiches beherrschen. Der Zeitrahmen ist dabei mit fünf Stunden eng gesteckt. Bei mir war das 1970 noch ganz anders. Wir waren nur zwei Prüflinge Richard Zänglein aus Obernbreit und meine Wenigkeit. Wir mussten um 9 Uhr bei der Bäckerei Paul in Kleinlangheim antreten. Der Prüfungsvorsitzende, ein Bäckermeister aus der Kitzinger Siedlung, war bereits anwesend und sagte zu uns: „Also ihr wisst ja was ihr back müsst, Weck, Zöpfli, Mischbrot, Kissinger, Schneckli und Hörnli! Wir wollen schöne Ergebnisse sehen! Also Händ wasch und los geht's!" Und wie das dann los ging nachdem uns Bäckermeister Paul, der Inhaber der Dorfbäckerei erklärt hatte wo die Zutaten zu finden sind. Da, wie bei vielen Landbäckereien auch, eine Weinstube zum Betrieb gehörte, zogen sich die Herren von der Prüfungskommission erst einmal zum Frühschoppen zurück. Während wir zwei in der Backstube schwitzten, vervollständigte sich die Runde der Jury in der Weinstube. Ein kurzen „Guten Morgen die Herren!", das war alles was wir mitbekamen. Lautes Gelächter begleitete uns in den folgenden Stunden aus dem Nebenraum, was wir aber in unserem Eifer gar nicht richtig mitbekamen. Wir beide backten was das Zeug hielt. Zehn Bruch Brötchen umgerechnet 300 Stück, von einem Zentner Mehl backten wir Mischbrot, 120 Kissinger hatten wir auch schon aufgerollt und wollten gerade die Nussschnecken schneiden als Bäckermeister Paul zur Backstubentür, lachend hereinkam. Sein Gesicht versteinerte sich sofort. Er schrie das wir sofort aufhören sollen. „Ihr seid doch verrückt wer soll denn des alles ess?" „Aber mit den Hörnchen haben wir noch gar nicht angefangen!" „Schluß aus. Albin komm mal her und schau dir an was die zwä gebacken ham!" Albin Straub kam herein, schmunzelte süsssauer und sagte dann, nachdem er alles begutachtet hatte: „Wo sind denn die Hörnli!" „Da wollten wir gerade mit anfangen!" Er schaute uns ernst an und meinte das die Zeit abgelaufen ist. „Ihr bekommt beide eine zwei als praktische Note, wenn ihr Hörnli da gehabt hättet dann wärs eine Eins!" Richard meinte dann das die Zeit doch noch gar abgelaufen sei. Aber da gingen die beiden Männer schon wieder zur Türe hinaus. „Sauber müsst ihr noch machen!" und zu Bäckermeister Paul gewandt, „Einen Schoppen trinke ich noch!" So war das 1970.

Kapitel 45 Ostern

Ostern ist wie Weihnachten für die backende Zunft eine sehr arbeitsintensive Zeit. Ganz nach dem Motto von Wilhelm Busch: "Es ist das Osterfest alljährlich für den Hasen recht beschwerlich"

In der Zeit vor den Feiertagen haben wir in unserer Bäckerei täglich aus ca. 28kg Mürbteig die beliebten Häsli ausgestochen. Das Rezept war wie folgt:

12,5kg Weizenmehl Type 550
7,5kg Backmargarine
7,5 kg Zucker
100g Backpulver, Salz, Vanille, Zitrone
25 Eier oder abgemessen 1250 g Ei knapp 28 kg Teig

Mit der Rollfix wurde der Teig dabei auf eine Stärke von 5,5mm ausgerollt und mit den Hasenausstecher von Hand ausgestochen, auf ein Blech gelegt, mit Eistreiche abgespritzt (früher in den 70iger Jahren kam ein Pinsel zum Einsatz) dann Buntzucker darüber streuen und im Ofen ca. 15 -18 Minuten bei 210 Grad knusprig ausbacken.

Dann gab es noch das Osterbrot. In den früheren Jahren vor dem 2. Weltkrieg wurde es erst am Karsamstag gebacken. Das Osterbrot gehörte zum Brauch des Fastenbrechens. Dann wurde es aber Zug um Zug immer früher gebacken. In den Supermarkten und Discountern füllen sich sowieso immer früher die Regale mit Ostereiern und Schokohasen und so zogen auch die Bäckereien nach. Es schmeckt halt auch so gut und die Kunden kauften es gerne schon sechs bis sieben Wochen vor Ostern.

Hier das Rezept:

10kg Weizenmehl Type 550
1 kg Zucker
1 kg Butter
400g Speisequark
500g Hefe
100g Salz
40 Eier
1,5 l Milch

Den Teig gut kneten und am Schluss die mit Rum eingeweichten Früchte unterheben. Bestehend aus:

3kg Sultaninnen
1kg gestiftelte Mandeln
1kg Backmischung (Orangeat, Zitronat zu gleichen Teilen gemischt und gewürfelt).

600g Stücke auswiegen, rund wirken und langstoßen, auf Bleche setzen und auf Gare stellen. Dann mit Eistreiche abstreichen oben vier Mal mit einem

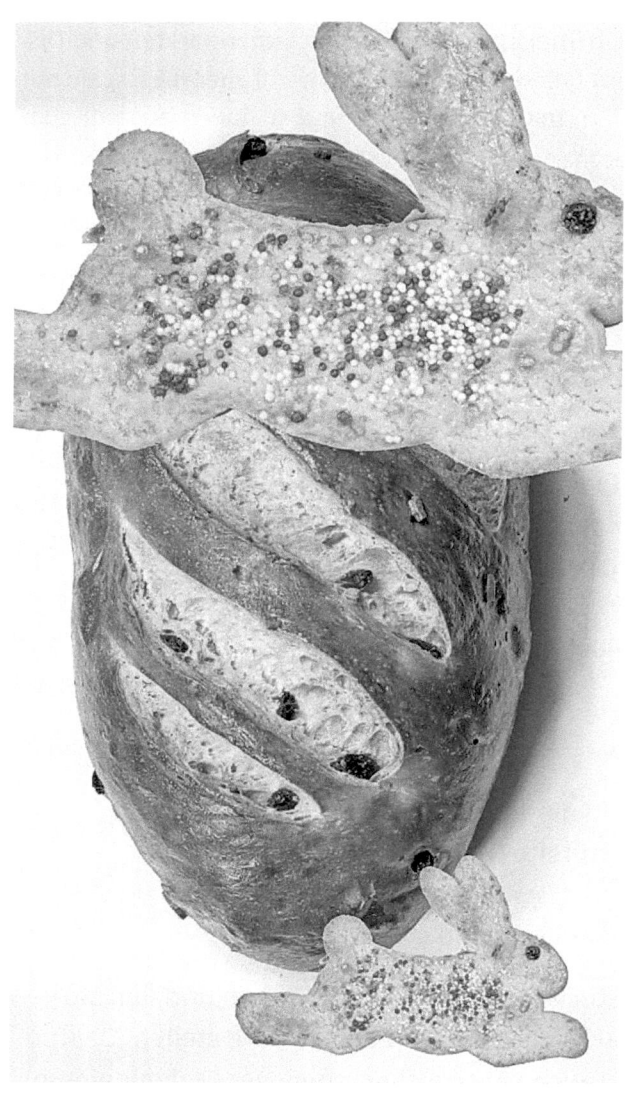

scharfen Messer ungefähr einen Zentimeter tief ein-ritzen und bei 180 Grad 35 – 40 Minuten backen.

Es gab noch Osterkränze gefüllt und ungefüllt, Marzipaneier, Nougateier, Laugenkränzli, Quarkteighasen, Bisquitteier in verschieden Geschmacksrichtungen wie Pistazie, Mandel und Nougat, Möhrentorte und einiges mehr. Die Osterkränze wurden gefüllt mit einer leckeren Nussfüllung, mit süßer Vanillecreme oder mit herber Mohnfüllung. An Ostersamstag wurden zudem Unmengen an Baguette gebacken. Natürlich durften auch die Osterhasen aus feinen fluffigen Quarkteig und die Biskuit Osterlämmer nicht fehlen. Um den Brauch des Osterlamms in einer weniger archaischen Form aufrecht zu erhalten, wird das Osterlamm gebacken. Ein leckeres Gebäck aus Biskuit mit weißem Puderzucker-Fell. Hier das Rezept dazu:

1500g Butter mit 2000g Zucker schaumig rühren dann nach und nach die 40 aufgeschlagenen Eier einarbeiten und mit 2000g Weizenmehl, 75g Backpulver und einer Prise Salz untermehlieren. Die aufgeklappte Lamm-Formen mit Butter ausstreichen, mit Mehl bestauben und wieder zusammenklappen. Den Teig einfüllen. Bei ca. 180 Grad ca. 35 – 40 Minuten kopfüber backen. Nach dem auskühlen mit Puderzucker bestauben und als Augen ggf. 2 Nelkenblüten einstecken. Das Osterlamm wird historisch zu Mittag

163

164

oder zu Abend gegessen, das Osterbrot hingegen wird traditionell zum Frühstück genossen. Es kommt in verschiedenen Formen in Nahezu ganz Europa vor.

Meine gute Freundin Rodica aus Moldawien erzählte mir vom Kulich einen Art Hefezopf als Ring gebacken der ebenfalls an Ostern gebacken wird. In Italien heißt es Colomba pasquale und La Schiacciata di Pasqua. In Österreich, Slowenien und Kroatien isst man die Osterpinze, ebenfalls ein rundes Hefebrot in den Niederlanden sagt man Stol dazu in die Babka, ein Hefekuchen in Zylinderform wird in Polen und der Ukraine gebacken. Kurze Zeit arbeitete Konditormeister Hofmann bei uns und goss aus Schokolade Osterhasen von beträchtlicher Größe bis zu einem halben Meter hoch. Siehe dazu das Bild auf Seite 162. Er war ein wahrer Meister des Schokoladengiesens.

Kapitel 46 Faschingskrapfen

Fasching, Fassnacht oder Karneval. In Bäckereien gibt es da immer viel zu tun, so auch bei uns. Krapfen, Berliner oder Pfannkuchen in allen möglichen Variationen stehen in der närrischen Zeit in den Ladentheken. Mir ist immer noch der klassische Krapfen mit Hiffenmark am liebsten.

Für die Herstellung der Krapfen, meistens in direkter Führung, sind als Zutaten notwendig: Mehl (Type 405), Hefe, Salz, Wasser, eine spezielle Backcreme (Mix aus Fett und Zucker) und natürlich viele Eier dazu noch Vanille- und Zitronearoma. Während in der industriellen Herstellung nur noch vollautomatische Maschinen zum Einsatz kommen, war es bei uns in der Bäckerei so, dass wir zwar auch viele Maschinen hatten, aber die Krapfenherstellung, zum größten Teil noch manuell vollzogen. Nach mehrmaligen Falten des Teiges, wir sagten dazu zusammenschlagen, was die Vorteile hat das die Anzahl der Poren vermehrt werden und der Teig dadurch stabiler wird. Der Teig erhält einen besseren Stand. Infolge der Dehnung beim Zusammenschlagen gerät der Kleber wieder unter Spannung. Der Krapfenteig erzielt ein größeres Volumen. Infolge der besseren Gerüstbildung kann man ein großvolumigeres Teigstück erzielen. Danach wurden sogenannte Bruch ausgewogen.

Diese wurden dann nach einer ausgiebigen Teigruhe flachgedrückt und mit dem Wirkteller in die Kopfmaschine geschoben. Dabei stanzt diese dabei kleinen Portionen ab die dabei auch sofort rund gewirkt werden. Der Vorteil: jeder Krapfen wiegt gleich viel und hat das gleiche Maß. Nach dem Garvorgang kommen die Krapfen in ein 180 Grad heißes Biskinbad. Wir haben nur Biskin, ein sehr hochwertiges Erdnussfett, verwendet. Wichtig ist, dass nach dem Einlegen der Teiglinge, sofort der Deckel auf die Fritteuse gesetzt wird. Dann entsteht im Inneren Wasserdampf und die Krapfen bekommen den Nachtrieb was dann auch den typischen weißen Rand am Krapfen entstehen lässt. Nach dem Backen wurden die Krapfen in der klassischen Version zum Abtropfen hochgestellt, danach in Zimtzucker wälzen und mit einer Art Spritzpistole mit Hiffenmark gefüllt.

Über den Ursprung der Krapfen gibt es einige Theorien. Der Legende nach soll die Hofratsköchin Cäcilie Krapf um 1690 eine Germteigkugel nach einem Lehrling geworfen haben, die dann aus Versehen im Fettopf landete. So soll dann vor 400 Jahren der Ur-Krapfen entstanden sein. Krapfen wurden bei uns keine geworfen. Eine Verkäuferin ist aber einmal mit einem Ladenblech mit 50 Krapfen darauf gestolpert und dann sind dann doch einige Krapfen durch die Gegend gekullert.

Krapfen Gallerie

Kapitel 47 Silvester

Silvester bedeutete immer alle Hände voll zu tun zu haben. Zehntausende Eierringe und Baguettes ohne Ende mussten hergestellt werden. Neben dem normalen Backprogramm, eine enorme logistische Herausforderung. Für die Männer an der Friseuse war es auch die „Nacht der Berliner" die im Erdnussfett schwammen und sich auf eine Füllung aus Hiffenmark freuten. Aber am meisten Arbeit machten die traditionell mit Butter gebackenen Eierringe.

Es gab Zeiten da war im kleinen Lager neben der Backstube eine Tonne Butter für den Silvestertag gelagert. Natürlich war das kein normaler Arbeitstag. Gestartet wurde am späten Nachmittag des 30. Dezember. Es kam vor das ich 20 Stunden in der Backstube zugebracht habe und um 12 Uhr noch frische Eierringe aus den Stikkenöfen gezogen hatte. Trotz der maschinellen Herstellung in den 90iger Jahren nahm das sorgfältige Backen doch viel Zeit in Anspruch. Die Schinderei war dank Schneidetisch, Ausrollmaschine und Stikkenöfen nicht mehr so dramatisch wie in den Zeiten vorher, als wir noch in der alten Backstube gewerkelt hatten und wir alles manuell verarbeiten mussten. Da waren dann viele Hände gefragt und Freunde und Bekannte halfen da schon das eine oder andere Mal mit und rollten nach 10 Stunden die Augen. Gut kann ich mich noch an einige ältere Kollegen erinnern die mein Vater motivierte an der Backtafel ihr Bestes zu geben. Da war Willy Neeser vom gegenüberliegenden Cafe Neeser in der Falterstraße, der die Eierringe mit einem kleinen Messerchen immer doppelt gezackt hatte. Sie waren dadurch natürlich sehr knusprig, aber es dauerte halt auch doppelt so lange. Darum war diese Methode nicht so sehr angesagt, eigentlich war Willy der Einzige der das so machte. Gut kann ich mich noch an Herrmann Riedmann erinnern, der seine Bäckerei gegenüber der Synagoge hatte. Er hatte immer eine Zipfelmütze auf dem Kopf und sah dadurch aus wie eine

Figur die gerade einem Buch von Wilhelm Busch entsprungen ist.

In der Vorschneidetisch-Ära wurden die Eierringe folgendermaßen hergestellt:

Von großen eintourierten Teigen Stücke mit 2000g abwiegen leicht rund formen und auf die Grüße der Teller für die Teigteilmaschine ausrollen. Nachdem sie mit der Maschine in 30 Teile geteilt waren, wurden die Teigstücke vorgerollt, im Fachjargon Vorstoßen genannt. Unsere Backtafel bzw. Backtisch war mit seinen vier Meter relativ lang. So war Platz für zwei Arbeitsschritte. Nachdem die Teiglinge Vorstoßen waren, wurden sie weitergeschoben und von den nächsten Händen langgestoßen. Die Backbretter mit den langgerollten Teigsträngen wurden dann im, damals noch vorhandenen Hof kaltgestellt. Nachdem so etwa 1800 Stränge fertig vorbereitet waren ging es mit der eigentlichen Formung der Eierringe an. Dazu brauchte man ein rundes Hölzchen von drei Zentimeter Durchmesser und einer Länge von dreißig Zentimeter, damit wurde in die Teigrolle eine Mulde gedrückt, in die dann flüssiges Butterschmalz gestrichen wurde. In den sechziger Jahren nahm man dann ein Messerchen und schnitt zwölf Zacken in eine Wölbung des Eierringes, meistens war es die Untere. Um die zwölf Zacken ranken sich viele Mythen und

172

Geschichten. Es könnten damit die zwölf Monate des Jahres gemeint gewesen sein, auch die zwölf heiligen Nächte zwischen Heiligabend und Drei-König könnten ebenso gemeint sein oder waren es die zwölf Apostel Jesu. Leider gibt es darüber keinerlei Aufzeichnungen bei der Bäckerinnung. Den Kunden war das egal es musste schmecken und das tun Eierringe. In den siebziger Jahren kamen dann die gezackten Plastikroller in Mode. Es ging dadurch viel schneller nur waren es nun meistens 14 bzw. 15 Eierringszacken anstatt zwölf. Dann Mitte der Neunziger kam der Schneidetisch zum Einsatz was eine große Arbeitserleichterung mit sich brachte, aber dadurch auch die Produktion deutlich erhöhte und die Menge an Silvester deutlich zwischen 15000 und 20000 Stück ansteigen ließ.

Auf ein Ereignis an einem Silvestertag möchte ich aber noch kurz eingehen. Es war 2006, das Jahr in den dem Mein Sohn Marcus die Anteile meines Bruders an der Bäckerei für einen mittleren sechsstelligen Betrag sozusagen abkaufte.

Langmann, (der Name wurde von mir verändert), fuhr mit einem der beiden Sprinter, die Erste Lieferung in die Filiale nach Wiesentheid. Es war glatt, regnerisch und windig. Langmann wahrscheinlich unausgeschlafen und unaufmerksam. Jedenfalls legte er den Bus in einer Linkskurve kurz vor Kleinlangheim um und der blieb auf der Seite liegen. Ihm ist zum Glück nichts passiert. Aber liebe Leser sie können sich bestimmt vorstellen wie das den ganzen Betriebsablauf auf den Kopf stellte. Drei Mitarbeiter führen zur Unfallstelle und räumten den Bus aus. Viele Backwaren waren nicht mehr zu verkaufen. Es war das blanke Chaos.

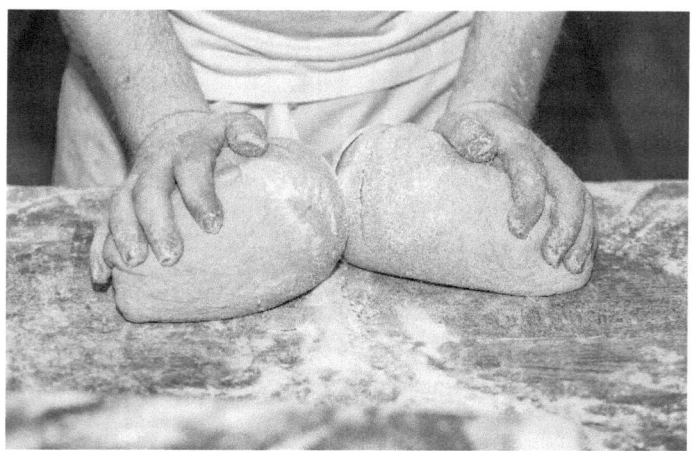

Kapitel 48 Kalender für den guten Zweck

„Bakery Girls" sind solidarisch

Das BÄKO-Magazin schrieb 2009 über die Aktion: „Auch die Backbranche hat nun ihre „Calendar Girls. Aus Solidarität mit einer erkrankten Kollegin stellten sich Mitarbeiterinnen der Kitzinger Bäckerei Will als Models zur Verfügung. Irmgard Will, Seniorchefin der gleichnamigen Bäckerei, präsentierte am 3.10. den mit viel Herzblut entstandenen „Bakery Girls"-Kalender. Jedes Kalenderbild wurde, bei der Vorstellung des Kalenders mit dem jeweiligen Fotografen und „Model" über einen großen Bildschirm präsentiert. Die „Models" sind ausschließlich Mitarbeiterinnen der Kitzinger Bäckerei; die beteiligten Fotografen kamen aus ganz Süddeutschland zum Beispiel Rodgau, Nürnberg, Freiburg, Bamberg, Würzburg und Kitzingen und arbeiteten alle unentgeltlich.

Solidarität mit erkrankter Kollegin

Hintergrund dieser außergewöhnlichen Aktion ist die schwere Erkrankung einer Mitarbeiterin, die an der heimtückischen Krankheit Mukoviszidose leidet. Der Kalender soll als Zeichen der Solidarität gelten. Nach Abzug der Druckkosten geht der Erlös an die Mukoviszidose-Ambulanz der Würzburger Uniklinik."

Es war eine tolle Aktion, was uns damals viel Sympathie einbrachte.

Kapitel 49 Sweet Rolls

Früher hießen sie einfach nur Schnecken. Wir haben sie aus Plunderteig gebacken, gefüllt mit Haselnuss- oder Mohnfüllung. Ab und zu bei einer Aktion auch mit Vanillepudding und Rosinen. Das dieses alte Plundergebäck jetzt wieder eine so unglaubliche Renaissance erlebt hätte ich nicht zum Träumen gewagt. Wir haben schon vor 60 Jahren „Sweet Rolls" gebacken, die dann bei den Amis in den Larson Barracks, an verschiedenen Verkaufsständen, als Cinnamon Rolls, verkauft wurden. Die Schnecken mussten um 5 Uhr fertig zur Übergabe sein. Verpackt wurden sie in der Regel in leere Hefekartons, die dadurch auch gleich recycelt wurden. Ein Begriff den man damals noch gar nicht kannte.

Rezept für große, luftige Cinnamon Rolls mit dezenter Süße.

10kg Weizenmehl Typ 550
ca. 4l Wasser (im Sommer Eiswasser benützen)
200 g Hefe
500g Milchpulver
1,2kg Zucker
1,25g Backmargarine oder 1kg Butterschmalz
20 Eier
100g Salz
100g Backmalz
Vanille- & Zitronenaroma

4000 g Ziehmargarine oder Butter

Alle Zutaten in der Knetmaschine ca. 2 min langsam und dann ca. 7 min schnell kneten, es sollte ein glatter geschmeidiger Teig entstehen. Den Teig in zwei gleiche Teile halbieren und mit je 2000g Ziehmargarine, mit einer doppelten und einer einfachen Tour einziehen. Darauf achten das alles schön kühl bleibt. Mindestens eine halbe Stunde die Teige, vor dem Ausrollen, kühl stellen und dann ausrollen und mit der entsprechenden Füllung einstreichen. Wir hatten die Rollfix zum Ausrollen. Auf dem häuslichen Küchentisch empfiehlt es sich den Teig, entsprechend des Platzes entweder zu halbieren oder zu dritteln. Bei uns in der Bäckerei ging das mit der

Ausrollmaschine natürlich easy von der Hand. Dann zu einer Schnecke aufrollen und in 2 − 3 cm breite Scheiben schneiden. Langsam gehen lassen und bei ca. 190 Grad (kommt auf den Ofen an) 20 − 25 Minuten saftig ausbacken. Mit heißer Aprikosenmarmelade bestreichen und danach mit Fondant glasieren. Fertig Guten Appetit.

Rezept Nussfüllung:

2000g Haselnüsse
2000g Süße Brösel
1500g Zucker
200g Zimt
ca. 5l Wasser, warm

Wir haben aus den Schnecken auch den sogenannten Rosenkuchen gebacken. Dabei wurden die schneckenscheiben mit dem Anschnitt nach oben in einen Backring gelegt, der vorher mit Biskin eingefettet wurde. Meistens haben wir Ringe mit Durchmesser von 16 cm gewählt, es gingen auch größere Durchmesser was die Backzeit erhöht und die Gefahr besteht das die Schneckenkuchen zu dunkel werden.

Kapitel 50 Weihnachtsbäckerei

Die verführerische Welt der Weihnachtsbäckerei, in der Genuss und Tradition oftmals aufeinandertreffen. Vom duftenden Christstollen über knusprige Plätzchen bis hin zu den würzigen Lebkuchen. Teig wird geknetet, Plätzchen werden ausgestochen und es duftet himmlisch nach Gewürzen. Oh du süße Weihnachtszeit. Was gibt es Schöneres, als das die Backstube mit Plätzchenduft gefüllt ist. Unser Laden in der damals pittoresken Falterstraße gelegen war auch immer schön weihnachtlich dekoriert.

Auf dem Bild zeige ich amerikanischen GIs, bei einem Besuch in unserer Bäckerei 1974, Anisplätzchen vor dem Backen.

Über Springerli, Lebkuchen, Terrassen und Muskatziner habe ich ja schon in den verschiedenen Kapiteln geschrieben.

Zart-knusprig und am besten mit Schokolade überzogen, das war unser Spritzgebäck. Hergestellt mit einer Art Teigkanone ähnlich eines Fleischwolfes die mit Hilfe einer Kurbel den Teig durch spezielle Aufsätze presste. Dabei fuhr man über den Backtisch und die lange Wurst wurde in kleine Stückchen, mit Hilfe eines Teigschabers zerkleinert. Dann auf Backbleche abgesetzt und gebacken. Nach dem Auskühlen wurde dann das Spritzgebäck zur Hälfte in die Schokoladenglasur getaucht und nach dem festwerden der Schokolade waren sie fertig um in Tütchen verpackt zu werden.

Rezept: 10kg Mehl, 5kg Backmargarine, 4kg Zucker, 2,5kg gemahlene Haselnüsse oder Mandeln, 100g Backpulver, 100g Salz,40 Eier.

Die Lieblingsplätzchen meines Vaters waren Anisplätzchen. Er war immer richtig Stolz, wenn die Plätzchen ein schönes Füßchen nach dem Backen hatten. - Rezept: 60 Eier, 5 kg Zucker warm und kalt aufschlagen dann 5kg Weizenmehl und eine Handvoll Anis unterheben man kann auch Anispulver verwenden.

Natürlich ist die süße Suchtgefahr echtes Hüftgold pur. Ein Dauerbrenner unter unseren Plätzchen waren die leckeren Butterplätzchen. Sie wurden mit der Rollfix und speziellen Ausstechmatten relativ schnell hergestellt. Unten das Rezept:

7500g Weizenmehl 550
2700g Zucker
3750g kalte Butter
30 Eier
80 g Salz
100g Backpulver
100g Citroperl

Arbeitsintensiv waren Zimtsterne, Duchesse, Mandelsplitter, Kokosmakronen, Haselnuss Makronen, Terrassen, Vanillekipferl, Ulmer u.e.m.Christstollen wurden bei uns im Laden ab Allerheiligen angeboten. Ich stellte Meisterstollen, Butterstollen, Diabetikerstollen und Vollkornchriststollen her. Ich habe die Stollen immer frei geschoben, also ohne den sogenannten Stollenhauben wie sie in der Industrie Verwendung fanden und finden. Dazu brauchte ich nur ein Stollenholz. Meistens war das ein abgesägter Holzstiel eines Besens oder Schrubbers. Man sagt das diese Form des Stollens die fränkische Art sei. Dresdner Stollen werden ja zum Beispiel nur langgestoßen und mit einem Messer der Länge nach eingeritzt das sie schön aufplatzen. Wichtig beim fränkischen Christstollen sind die Früchte die gut mit Rum getränkt sein sollten. Für die Menge die ich immer gebacken habe nahm ich einen ganzen Karton (10kg) meist australische Sultaninnen, es gingen aber auch türkische Früchte. Ein Liter Rum, gemischt mit einen Liter Leuterzucker sollte es zum Tränken schon sein. Je 2,5 kg Zitronat und Orangeat und 5kg gestiftelte, geröstete Mandeln die ich mit 200g Wasser nach dem Abrösten einweichte, vervollständigten den Früchtemix.

Von der Hälfte des Weizenmehles wurde ein Vorteig gemacht. Nach einer Stunde dann der Hauptteig. Je nachdem ob Butterstollen oder Meisterstollen kamen Butter oder Margarine in den Teig, dazu Zucker, Marzipan, Christstollengewürz, Salz und Butterschmalz. Gut ausgeknetet kamen dann die Früchte dazu. Nach einer Stunde Teigruhe wurden dann die Stollen ausgewogen und mit dem Stollenholz aufgemacht. Für die Vollkornchriststollen verwendete ich immer Dinkelvollkornmehl und für die Fruchtmischung getrocknete Mango, kandierte Ananas, ganze Haselnüsse und getrocknete Cranberrys. Als Gewürz kam z.B. anstatt Vanille Tonkabohne in den Teig. Der Christstollen, das Weihnachtsgebäck mit einer langen Tradition in Deutschland. Ist mit ca. 450 Kalorien pro Scheibe gar nicht so ohne. Jetzt fehlen im Report noch die Gewürzschnitten die schmecken förmlich nach Weihnachten! Man kann zu dem leckeren Blechkuchen auch Ulmer Brot bzw. Schnitten sagen. Der Teig bei uns war so stabil das er mit dem Rollholz ausgerollt wurde. Für den Teig braucht man Mehl, Backpulver, Eier, Zucker, Butter, Zimt, Nelken, Lebkuchengewürz, Kakao, Milch, Mandeln und für die Saftigkeit Aprikosenmarmelade. Nach dem Backen wurde der Kuchen mit Fondant glasiert und mit Buntstreusel dekoriert. Danach in Rauten oder Rechtecke geschnitten. Ich war immer froh, wenn die Weihnachtsbäckerei dem Ende zuging. Sicher Der Dezember war immer einer der umsatzstärksten Monate im Jahresverlauf aber auch die Anstrengendsten. Sechzig bis siebzig Stunden in der Woche waren da keine Seltenheit.

Kapitel 51 Lehrzeiten

Es war der 1.Oktober 1967, Jimmy Carter der spätere US-Präsident und Erdnussfarmer feierte seinen 43. Geburtstag und für mich begann in Dettelbach, in einer kleinen Bäckerei, meine 43-jährige Backzeit 😊. Mein Chef und Lehrmeister damals war ein toxischer Mann, der seine Frau mit einer Wirtin betrog. Auch fachlich war er nicht die hellste Kerze auf der Torte. Fünf Mark bei freier Kost und Logis wie es damals hieß. Sechs Tage die Woche. „Lehrjahre sind keine Herrenjahre!", musste ich mir anhören. Aber auch: "Jeder ist seines Glückes Schmied." Das Glück schmiedete ich mir dann in der Tschu-Tschu eine Kifferkneipe wie sie damals fast einmalig war. Mit dem zweiten Lehrling in der Bäckerei gingen wir jeden Abend dorthin und zogen diverse Joints durch. Unser Chef und Meister hatte derweil Probleme mit einigen Leuten aus der Bevölkerung. Der Mann der Wirtin mit der er eine Affäre pflegte hatte sich aus Kummer darüber aufgehängt. Nachts plärrte dann eine wütende Meute vor der Bäckerei am Rathausplatz herum. „Holt ihn raus den Mörder!", oder „du Drecksau!", das waren nur die mildesten Ausdrücke die da geschrien wurden. Der Chef war Jäger und holte dann eine Schrotflinte aus seinem Waffenschrank, ging dann vor die Ladentüre und feuerte in die Luft.

Mut hatte er in dieser Situation. Der Mob verzog sich dann und wir konnten in Ruhe weiterarbeiten. Die Geschäfte gingen dann schlecht und wir Lehrlinge hatten mehr Zeit. Zum Teil wurde in der Backstube noch richtig mittelalterlich gearbeitet. Manche Teige wurden noch von Hand in einer Backmulde geknetet. Das Mehl wurde mit einem Aufzug der mit einer Handkurbel betrieben wurde vom Keller in die Backstube gefördert. Käsesahnetorte wurde mit Kondensmilch hergestellt und Sauerteig war ein Fremdwort. Es wurde nur Fertigsauer verwendet. Lustig war es immer in der Weihnachtszeit, wenn wir die Mandeln von ihrer Haut befreien mussten. Dazu wurden die Mandeln zehn Minuten gebrüht, dann konnte man sie, nachdem sie etwas abgekühlt waren, leicht aus der Haut herausdrücken. Bei dieser Arbeit mussten wir immer pfeifen, damit war sichergestellt das wir von den teuren Mandeln nichts naschten. Hört sich komisch und auch etwas skurril an, war aber so.

Bevor wir, also Winfried und ich, am Berufsschultag, mit dem Bus der Firma Kohl in die Berufsschule fuhren hatten wir schon die komplette Backstube sauber gemacht, dafür mussten wir um 2 Uhr aufstehen. In der Schule sind wir dann regelmäßig eingeschlafen. Logisch. Oberstudienrat Wiegand kam dann mit seinem Ochsenziemer und haute Allen die

Eingeschlafen waren von hinten auf die Schulter. Es war keine schöne Zeit. Leider ist mein damaliger Mitlehrling und Leidensgenosse schon seit längerer Zeit verstorben. Ruhe in Frieden. Besser wurde es dann bei der Konditorlehre die ich in Würzburg absolvierte, obwohl diese Lehrstelle auch nicht die erste Wahl war. Dafür war das Off ein finsteres Kellerlokal in der Karmeliten Straße eine Hammer Disco. Später hieß der Schuppen auch mal Thing. Ich erinnere mich noch an Missus Beastly und Empryo denen ich dort lauschen konnte. Die Gesellenprüfung legte ich in der Franz-Oberthür-Schule ab. Der Unterricht dort war nicht zu vergleichen mit dem in der Kitzinger Berufsschule. Wie eine Membrane legten sich die Erklärungen von Fachlehrer Ott um mein Inneres, was sich dann auch mit einer Doppelten 2 in der Prüfung auszahlte. Würzburg war eine schöne Zeit in meinem Leben. Danach kam Konditoralltag am Bodensee und Wehrdienst in Amberg und Regensburg.

Kapitel 52 Was die Zukunft bringt oder was sie bringen könnte

Ich bin natürlich kein Prophet, aber ich habe mir so meine Gedanken gemacht.

Zu Beginn der Pandemie 2020 hamsterten viele Menschen in Supermärkten und Discountern plötzlich Mehl und Hefe. Viele Menschen haben da das Brotbacken als Hobby für sich entdeckt. Backen ist Sexy oder Brot ist Porno, wie unlängst die ZEIT titelte. Dieser Trend hält bis heute an. In heimischen Küchen wird derzeit so viel Teig geknetet, gefaltet und gedehnt wie lange nicht mehr. Sauerteig wird angesetzt und gefüttert Viele Menschen haben in der Corona-Zeit das Brotbacken für sich entdeckt. Mittlerweile gibt es auch selbsternannte Brot-Sommelière. Die Bezeichnung Sommelier ist nicht gesetzlich geschützt, jeder kann sich selbst als Sommelier bezeichnen und um spezifische Kategorien erweitern. Es gibt aber auch eine Weiterbildung innerhalb des Bäckereihandwerks mit dem Ziel, Experten rund um das Thema Brot auszubilden, die ihr Wissen der Allgemeinheit zur Verfügung stellen. Voraussetzung zur Qualifikation ist eine erfolgreiche Ausbildung zum Bäckermeister oder ein vergleichbarer Abschluss in der Lebensmittelbranche, z. B. ein abgeschlossenes

Studium aus dem Bereich der Ernährungs- oder Getreidewissenschaften. Seit 2015 bietet die Akademie Deutsches Bäckerhandwerk Weinheim die Fortbildung zum Geprüften Brot-Sommelier an. Sie backen im Fernsehen u.a. Brote in einer Tasse oder mit Blaukraut und das sind nur zwei Sorten Brot der ca. 3200 eingetragenen Brotsorten der deutschen Innungsbäcker die es ins deutsche Brotregister geschafft haben. Die Aufteilungen dort werden nach Getreidearten, Form des Brotes, Größe des Brotes, Lockerungsart

 und nach Zutaten aufgeführt. Die deutsche Brotkultur wurde durch die nationale UNESCO-Kommission im Jahr 2014 in das Bundesweite Verzeichnis des immateriellen Kulturerbes aufgenommen.

Foto oben: Ciabatta vor dem Einschießen in den Ofen in Kalabrien. Bild habe ich in einem Urlaub gemacht, es zieht mich auch heute noch in fremde Bäckereien.

Aber was hat das alles mit der Zukunft des Bäckerhandwerks zu tun. Es zeigt das man auch im Handwerk durch neue Ideen und Innovationen seine Nische finden kann. Filialbäckereien mit 5 – 15 Filialen haben in meinen Augen keine Zukunft. Entweder haben die Betriebe es geschafft 50 und mehr Läden zu betreiben oder sie werden früher oder später schließen müssen.

Personalprobleme, erhöhte Rohstoff- und Betriebskosten und die unsägliche Bürokratie werden dafür sorgen. Selbst Florierende Bäckereien suchen Nachfolger und finden keine. Wenn selbst der Hauptgeschäftsführer des Zentralverbands des Deutschen Bäckerhandwerks Daniel Schneider bei T-Online so zitiert wird: „Durch das Brotbacken werde vielen Menschen bewusst, dass es sehr zeitaufwändig und nicht immer einfach sei, Brot zu backen." Dann zeigt es das mittlere Betriebsgrößen in der Zukunft es nicht unbedingt leichter haben werden. Preise wie es die Discounter aufrufen ist für die meisten Handwerksbäcker utopisch. Neu auf dem Markt und da könnte ich mir vorstellen nochmal als Bäcker die Schürze umzubinden, ist das backen von Sweet Rolls, auf Deutsch Schnecken. Es gibt mittlerweile Filialketten die süßen Rolls spezialisiert haben und mit sehr großem Erfolg backen. Das sind üppig gefüllte, aneinander gebackene Schnecken die u.a. in den Geschmacksrichtungen Kokos, Schokocreme oder Pistazie äußerst beliebt bei der jungen Kundschaft sind. Wir haben schon vor 60 Jahren „Sweet Rolls" (siehe eigenes Kapitel dazu) gebacken, die dann bei den Amis in den Larson Barracks verkauft wurden. Mit dem Siegeszug von Instagram, Facebook und Co. ist die Optik der Lebensmittel noch mehr in den Mittelpunkt gerückt. Colorful and fun. Viele knipsen ihre Mahlzeiten und stellen die sogenannten Foodies ins Netz. Da rückt schon mal der Geschmack in den Hintergrund, solange die Faszination und Ausstrahlung stimmen. Besonders beliebt sind seit Jahren aufwändig dekorierte Gebäckstücke. Ob Donuts, Waffeln, Croissants und seit neusten die Ableger davon wie unten noch beschrieben wird: Croffles, Cruffins, Cronuts und Crossette. Alles wird fotografiert und mit der großen Welt geteilt und jetzt natürlich auch die „neuen" Rolls.

Eine perspektivisch positive Entwicklung räume ich dagegen den kleinen Nischenbäckern ein. Sie werden immer ihr Geschäft machen können sei es mit z.B. internationalen Brotspezialitäten oder mit den neuartigen Trendgebäcken wie z.B. Croffles (Butterhörnchen im Waffeleisen gebacken), Cruffins (Mischung aus Croissant und Muffin), Cronuts (Mischung aus Croissant und Donut) und Crossette (Mischung aus Baguette und Croissant) Flabatta (Mix aus Fladenbrot und Ciabatta) oder mit Lebkuchen wie es mein Bruder propagiert.

Ich bin natürlich auch kein Prophet und kann über das Backen und Essverhalten in der Zukunft nur spekulieren. Zurzeit voll im Trend die Dubai Schokolade. Das Phänomen zeigt wieder einmal eindeutig das in der heutigen Zeit oft das Netz entscheidet was angesagt ist. Vielleicht gehört die Zukunft auch den 24/7 Automaten-Shops. Hightech rund um die Uhr im Food Segment.

Wenn ich nochmal jung wäre würde ich auf internationale Brotsorten setzen. Flutes, Bâtards, Ficelles, Petit Pain aus Frankreich. Ciabatta, Focaccia, Grissini, Pagnotta und Pane con Noci aus Italien. Ko-  lach aus Moldawien oder Lavash (*siehe Foto unten*) und Matnakash aus Armenien, türkisches Pide mit

 schwarzem Kümmel u.v.a. Gut verkaufen könnten sich bestimmt auch sexy Gebildbrote. Oder wie schon beschrieben eine „Schneckeria" eröffnen.

Kapitel 53 Sauerteig

Sauerteig, ist ein gesäuerter Teig, in dem gesunde Milch- und Essigsäurebakterien die Oberhand gegen Fäulnis- und andere Bakterien errungen haben. Die Bakterien sorgen dafür, dass Roggenmehl überhaupt backfähig und verdaulich wird. Auch im Weizen- oder Dinkelmehl halten sie schädliche Bakterien in Schach und sorgen dafür, dass Brot nicht nur leckerer schmeckt, sondern sich auch noch länger frisch hält, als wenn es nur mit Hefe gebacken wird. Meine Sauerteigkulturen die ich zu Hause eingefroren habe sind über 170 Jahre alt. Besser gesagt er wurde über diesen Zeitraum über die Generationen hinweg in unseren Bäckerfamilien gepflegt. Es wäre aber auch kein Problem frischen Sauerteig selber anzusetzen. Man braucht nichts weiter, als Mehl, Wasser, Wärme und etwas Zeit. Die Ideale Temperatur für die Entwicklung eines Sauerteigs liegt zwischen 24°C und 28°C. Der erste Sauerteigansatz gelingt besser, wenn er konstant auf Temperatur gehalten wird. Im Winter braucht man ein warmes Plätzchen, aber nicht direkt auf die Heizung stellen. Im Hochsommer das Gefäß am besten damit in den kühlen Keller oder ein anderes schattiges Plätzchen im Haus. Da muss man einfach ein wenig kreativ sein. Alle verwendeten Gefäße und Löffel sollten beim Gebrauch immer absolut sauber und noch einmal frisch, mit heißem

Wasser, ausgewaschen sein, um keine fremden Bakterien einzuschleppen.

Rezept für den ersten Sauerteig. 100g Bio Roggenmehl Type 1370 und 100g lauwarmes Wasser. Alles verrühren und stehenlassen. Nach 12 Stunden das erste Mal verrühren. Nach 24 Stunden wird angefrischt wie es Bäckerjargon heißt. Hobbybäcker sagen dazu den Teig anfüttern. Dazu wieder mit 100g Roggenmehl und 100g lauwarmes Wasser verrühren. Dieses Prozedere wird 4-5 Tage lang wiederholt. In der Zeit blubbert es mal mehr und mal weniger stark in dem Gefäß. Es kann auch mal unangenehm riechen, es sollte sich jedoch kein Schimmel oder Ähnliches bilden. Dann sind nach fünf Tagen ca. 1 kg Sauerteigansatz im Gefäß und der sollte gesund hellgrau sein und angenehm säuerlich duften. Man muss sehr sauber arbeiten. Nun ist der erste Sauerteigansatz fertig. Man nimmt nun etwa ein Viertel davon wieder weg und stellt es entweder in den Kühlschrank oder gefriert ihn ein. Nun kann man mit dem Brotteig beginnen. Ich empfehle zu dem verbliebenen Sauerteig 750g Roggenmehl und 500g Weizenmehl und ca. 700g lauwarmes Wasser geben. Salz braucht man ca. 30g beim ersten Mal kann man auch etwas „Maria hilf" sprich Hefe zusetzen. Gehen lassen und abbacken. Bei uns in der Bäckerei wurde der Sauerteig immer besonders gepflegt. Weil die Vorteile von Sauerteig einfach überwiegen.

Sauerteigbrote sind bekömmlicher, die Brote mit Sauerteig stellen den Körper das komplette Mineralstoff Spektrum auch bei Vollkornbroten zur Verfügung, der Geschmack ist kräftiger und Sauerteigbrote sind länger haltbar. Was wäre der Ratsherrnlaib ohne Sauerteig gewesen.

Kapitel 54 Kaisersemmel, Passauer, Tafelbrötchen, Kipfli

Erst etwas zur Geschichte der Kaisersemmel. Der Überlieferung nach schickte im Jahr 1789 die Wiener Bäckerinnung eine Abordnung zu ihrem Kaiser Joseph II., um eine freie Preisgestaltung für ihre Semmeln zu erbitten. Der Preis für eine Semmel war in einer Satzung festgelegt. Die Bäcker der Innung brachten dem Kaiser ein Körbchen mit frischen Semmeln zum Probieren mit. Der Kaiser war von der Handwerkskunst der Bäcker so angetan, dass er die Streichung der Semmel von der Satzung bewilligte und die Semmel fortan Kaisersemmel genannt wurden. So die Überlieferung. Damals wurde die Kaisersemmel noch mit der Hand geschlagen.

Bei uns in der Bäckerei waren die Kaisersemmel die Brötchensorte die von den Kunden am meisten gekauft wurden.

In den siebziger Jahren wurden sie noch manuell mit einer Art Stempelmaschine, die von mir und einem Mitarbeiter bedient wurde, hergestellt. Anfang des Jahrtausends wurde von Bäckermeister Marcus Will eine Brötchenanlage angeschafft, die dann für Herstellung von

Kaiserbrötchen mit einem Schalen-Stüpfelmodul ausgerüstet war, das dann für präzise gestüpfelte Brötchen sorgte. Ein Meilenstein. Mittlerweile existieren ganze Semmelstraßen in Großbäckereien, wo die Semmeln vollautomatisch vom Band laufen und sie keine Menschenhand mehr berührt.

Bei Rosenbrötchen sieht es anders aus. Die kann man nur sehr schlecht maschinell herstellen. Die Rosenbrötchen hießen bei uns eigentlich Passauer. Die zart splitternden Brötchen sind, heller und gröber gerissen als ein normales Brötchen. Vom Teig her gibt es keinen Unterschied zum Kaisersemmel. Vor dem abpressen und rundschleifen mit der Teigteil- und Rundwirkmaschine wurde eine Seite der Wirkteller mit Öl, Butter oder Butterschmalz eingestrichen. Wobei sie mit Öl beim Backen am besten aufplatzten. Nach dem Rundwirken wurden sie auf Holzdielen die mit Leinentüchern bespannt sind abgesetzt. Langsam konnten sie dann gehen, also ihr Volumen verdreifachen. Dann wurden sie bei dreiviertel Gare auf ein Lochblech gedreht und bei 220 Grad mit viel Dampf 20 Minuten knusprig gebacken. Der rustikale Ausbund nach dem Backen erinnert an eine sich öffnende Rose. Mit seiner zartsplittrigen, aromatischen Kruste und einer saftig-lockeren Krume brachte das Rosenbrötchen bzw. Passauer ein besonders vollmundiges Geschmackserlebnis.

Eine weitere Brötchensorte, die bei uns in der Backstube hergestellt wurde, waren die Tafelbrötchen. Sie wurden wie die anderen Brötchensorten aus Weizenmehl Type 550, Wasser, Hefe, Salz und Malzmehl hergestellt. Der Unterschied bei den Tafelbrötchen war das sie länglich vorgestoßen wurden und bei dreiviertel Gare dreimal mit einer Rasierklinge eingeschnitten wurden.

Kipfli wurden ähnlich hergestellt mit dem Unterschied das noch etwas Kümmel unter dem Teig geknetet wurde. Bei uns wurden die Kipf noch mit der Hand und etwas Roggenmehl vorgeschlagen.

Kapitel 55 Zillertaler Schürzenjäger und Hubert von Goisern

Es waren Konzerte in einer damals, in den Neunzigern, neugebauten Halle der GWF. Wir hatten einen Stand für Backwarenverkauf wie zum Beispiel Laugenbrezen, Pizzazungen und einiges mehr in der Halle. Es spielten die Zillertaler Schürzenjäger und unsere Backwaren waren innerhalb einer Stunde ausverkauft. Als dann einige Wochen später Hubert von Goisern in der GWF seine Songs zum Besten gab, hatten wir uns natürlich gerüstet und die doppelte Menge an Backwaren an unseren Verkaufsstand verfrachtet. Die Stimmung war gut. Dann betrat der große Meister die Bühne und das Erste was er von sich gab, war das er es nicht wünschte das der Verkauf an den Essensständen, während des Konzerts, weitergeführt wird. Wir mussten den Verkauf einstellen. Das hat uns sehr getroffen, ich habe ihn verflucht. Wir hatten dann natürlich sehr viel übrig. Die Schweinemäster die bei uns oft die Retouren abholten die nicht mehr zu verkaufen waren freuten sich natürlich.

Kapitel 56 Agar-Agar und Hirschhornsalz

Agar-Agar wird aus den Zellwänden einiger Algenarten hergestellt. Es ist geschmacksneutral und ein sehr gutes Geliermittel. Schon eine Konzentration von ca. 1 g/kg, aufgelöst in heißem Wasser, reicht für ein nicht zu festes Gelee. In meiner Konditorlehrstelle in Würzburg wurde es für Obstkuchen verwendet. In der Erdbeersaison mit Lebensmittelfarbe rot eingefärbt. Gekocht wurde immer auf Vorrat. 6 l Wasser, 2500 g Zucker und 85g getrocknete Agaralgen. So auch einem Samstagnachmittag. Das gekochte Gelee wurde dann in leere Blaue Fondanteimer gekippt und zum Auskühlen auf einem der fünf Backtische gestellt. Die blauen Eimer in der die weiße, süße Fondantmasse ausgeliefert wurde, waren sehr stabil, wenn sie leer waren wurden sie zum Teil auch als Putzeimer verwendet. An diesem Samstag hatte ich früher als die beiden anderen Lehrlinge angefangen und konnte deshalb auch früher nach Hause gehen. Meistens fuhr ich dann mit der Straßenbahn von der Sanderau nach Grombühl und watschelte dann runter zur B8 und stellte mich an das Noell Eck und trampte nach Kitzingen. Als ich durch die Konditorei lief um mich von Chef und Chefin zu verabschieden merkte ich das der Boden ganz rutschig war. Schnell wusste ich was passiert war. Einer von den Beiden muss wohl den Eimer mit dem Agar zum Einweichen des Bodens ausgeschüttet haben. Wir schütteten zum saubermachen des Bodens in der Konditorei immer einige Eimer heißes Wasser auf die Fläche. Dann kamen Schrubber und

Gummizieher zum Einsatz und nach einer Viertelstunde war in der Regel die Bude sauber. Nicht so an diesem Samstag. Das Agar gelierte schnell und die beiden Jungs mussten mit Teigschabern das Gelee vom Boden kratzen. Dazu haben sie noch vergessen ein frisches Gelee zu kochen und Kurti unser Boss der an diesem Sonntag den Dienst machte, muss wohl richtig vor Wut gekocht haben.

Wer schon einmal an Hirschhornsalz bzw. Ammonium gerochen hat weiß wovon ich schreibe. On der Backstube stand ein Gewürzregal mit kleinen ein Liter Boxen, gefüllt mit Zimt, Paprika, Lebkuchengewürz, Kümmel, Anis und eben dem Ammonium. Fast jeden neuem Besucher in der Backstube, egal ob Mehlhändler, Reisender Vertreter, Lehrlinge, Freunde oder Bekannte wurde gefragt ob er sich mit Gewürzen auskennt. Meisten taten das und riechen in die Dosen hinein. Zuerst Zimt, dann reichte ich Paprika und dann mein Satz: „Des riecht a wenig schwach, tief einziehen hier!", was die Meisten auch machten. Dann erlebten sie den Urknall. Es ergibt Gebäck eine explosive und schnelle Lockerung für kurz gebackene Backwaren wie Kekse und Lebkuchen, was beim riechen daran auch explosiv in der Nase wirkt und meistens bis hinauf ins Hirn reicht. In manchen Sportarten wird es auch, verfeinert mit verschiedenen Aromen als Riechsalz für ein besseres Abschneiden bei einem Maximalversuch sorgen. Vom 17. bis Anfang des 20. Jahrhunderts wurde Ammonium zur Belebung bei Schwindel- und Ohnmachtsanfällen unter die Nase gehalten.

Kapitel 57 Kuchenteig

Wurde ein süßer Hefeteig bei uns so genannt aus dem viele Spezialitäten gebacken wurden. Kuchenlaibli, Hefezöpfe, Streuselkuchen, Plunderstückchen, Nußrollen u.e.m. Das Rezept weiß ich nicht mehr so genau obwohl ich bestimmt tausende Teige gemacht habe. In den Spiralkneter kam ein Sack 550 (50kg) 2,5kg Backmargarine, 2,5kg Butterschmalz, 2,5kg Backtivat, 5kg Zucker, 750 g Salz, 750g Malzmehl, 1,5kg Hefe, 30 Eier und ich glaube es waren 15l Wasser zu Zeiten meines Vaters in den Siebziger Jahren kam noch ein Schuss Eigelbfarbe dazu. In den Siebzigern war die Aufarbeitung wegen den nicht vorhandenen Kühlmöglichkeiten noch kompliziert besser gesagt arbeitsintensiv. Donnerstagabend wurden die Teige für Freitagmorgen gemacht. Die Teigruhe war solange wie unser Schlaf und 1 Uhr ging es los. Dasselbe Spiel am Samstag da meistens schon um 12 Uhr.

Mein Überlebungskampf

1958 Trennung meiner Eltern – überlebt
1966 Schweren Unfall mit NSU Prinz Totalschaden
1967 Beginn Flower Power – überlebt
1972 Militärdienst in der Oberpfalz -überlebt
1972 Ende Flower Power – überlebt
1980 Radfernfahrt Würzburg – Danzig – überlebt
1984 Frankfurt Marathon – überlebt
1992 Rinderwahn – überlebt
1996 Beginn starker Rückenschmerzen – Naja
1999 Nostradamus provezeites Ende der Welt – überlebt
2000 Millenium-Bug – überlebt
2005 H5N1 Vogelgrippe – überlebt
2006 Tag des Teufels am 6.6.06 – überlebt
2007 Rückenoperation und Ende der starken Rückenschmerzen – überlebt
2007 Erste Lungenembolie – überlebt
2009 H1N1 Schweinegrippe – überlebt
2012 Weltuntergang n. Maya Kalender am 21.12. 2014
Zweite Lungenembolie – überlebt
2014 Ebola – überlebt
2015 Dritte Lungenembolie – überlebt
2019 Insolvenz Bäckerei – überlebt
2020 Corona Virus – überlebt
2022 Beginn Krieg in der Ukraine.
2022 Affenpocken – überlebt
2022 Gas Krise – überlebt
2023 Zweimal von verschiedenen Autos, beim Radfahren, angefahren worden - überlebt
2024 Vierte Lungenembolie - überlebt